JN123908

「ありがとう」という日本語にありがとう

山本孝弘

JDC

装幀　山口恵子
本文挿絵　うた

目次

◉1章　心の琴線を鳴らす人たち

◉2章　布団の中の温もりのような話

◉3章　自分らしい生き方を探して

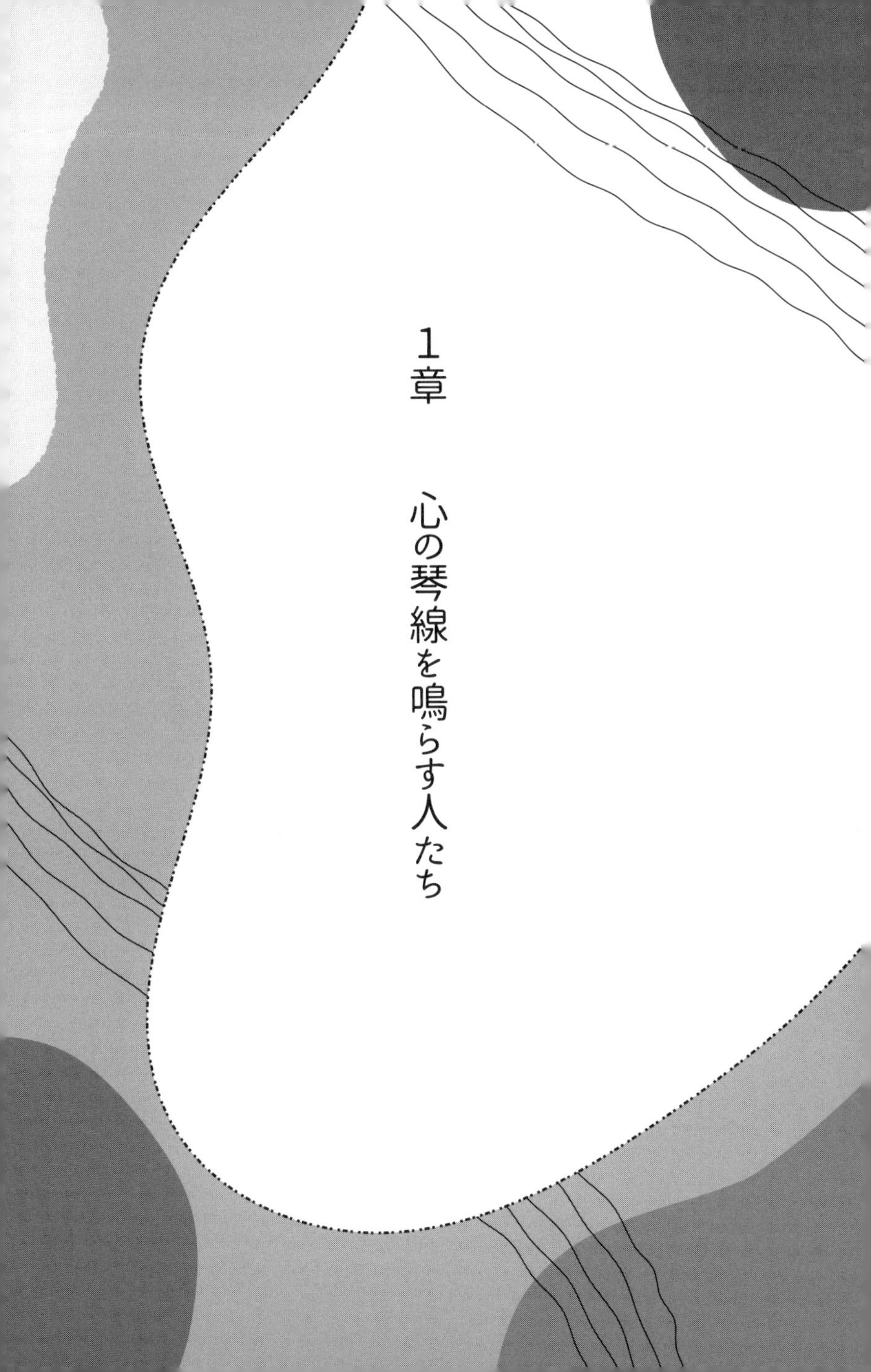

1章　心の琴線を鳴らす人たち

悲しみの共感を人への愛に変えて

コロナ騒ぎが始まって1年くらい経った頃、岐阜県で内科医をしている3歳年下の友人と久々に食事に行った。当時の医療現場の苦難を彼からいろいろと聞いたが、彼の口から出るのは不平ではなく、患者を労わる温かい想いばかりだった。医師としての強い誇りと、そこに彼らしさを感じた。

その友人、石垣（仮名）と初めて出会ったのは数年前のあるパーティーである。醸し出される温かさに自然に魅かれた。以前は名古屋市内の病院に勤務していたが、今の病院に移る際に多くの患者さんから新しい住所を聞かれたそうだ。転居後、住所を教えた患者さんから応援の手紙がたくさん届いたという。そんな男である。

僕は何度か医師になった理由を彼に聞いたことがある。岐阜の山村で育ち、家系的にも医師とは無縁の彼が、どうしてその道を歩んでいるのか興味があったのだ。だが、聞く度にいつも話をはぐらかされて教えてもらえなかった。

僕も今の仕事を選んだ理由をよく聞かれる。それは学校での講演後に生徒から受ける質問ランキングトップ5に入る。

「温かい新聞に温かいことを書き、温かい話を講演で人々に伝えていく。それが僕にできる世界平和活動だと思っています」

いつもそう答えるが、僕がそれを強烈に意識し、この道を選んだのは50歳を前にした時だった。だが石垣は当然医学部を出ているので、医師になろうと決意したのは遅くとも高校生の時のはずだ。

「暗い話だから今まで他人に話したことはなかったんですよ」

そう言って石垣は外を見た。黄昏時、紅い夕陽に包まれた世界で蝉の声が鳴き響いていた。その日、石垣は遠い日の出来事をとつとつと僕に話してくれた。遠くを見つめながら話す彼の顔はあどけない少年のようだった。

石垣は幼い頃から人に共感する力が強かったと言う。小学生の時、先生にきつく叱られている級友や、ケンカで負けて泣いている友だちを見ると彼は涙を流した。そんな優しい子だった。小学4年生の時だった。ある日、自宅の庭で遊んでいると、近くで大きな音がした。驚いた父親が家から出てきた。一緒に音のほうへ向かうとバイクが転倒しており、男の人が倒れていた。痙攣している足はおかしな方向を向いている。人が次々と集まってきた。すでに誰かが救急車を呼んでいたが、如何せん山奥の集落のため到着までに45分以上かかる。ヘルメットで表情は見えなかったが、助けを求めている声が漏れていた。みんな、「もう少し頑張れよ！」としか言えなかった。救急車がようやく来たが、ここから病院までがまた遠い。

数日後、その人が亡くなったという噂が集落に流れた。結婚間近だったらしい。それを聞いた石垣は泣き、そして自分を責めた。

「あの時、勇気を出して近くに行き、誰かに何か伝えたいことはありますかと聞けばよかった」と後悔した。「自分が医者だったらどんなによかっただろう」。石垣が初めてそう思った日だった。

中学1年生の時にはこんなことがあった。2つ上にトオルというおとなしい少年がいた。友だちといるところを見たことがない。母子家庭だったが祖父母の家に預けられており、母親は一緒に住んでいなかった。公園で幼い妹と遊んでいるのをよく目にし、自分にもあんな優しいお兄ちゃんがいればなあと石垣はいつも思った。

夏の暑い日、トオルは登っていた木から落ちて頭を強く打った。救急車の到着がやはり遅かった。それから数時間後、彼の命は未来を残して消えた。妹のためにカブトムシを捕ろうとしていたそうだ。話したこともない少年だった。だが石垣は運命の理不尽さと余りの切なさに小さな胸を痛めた。トオルの短い人生に思いを馳せ、その日は夜まで部屋で泣き続けた。儚い命を思い、自分に何ができただろうかと考えた。

中学を出ると、石垣は生まれ育った山村を離れ、下宿先から街の進学校に通った。

そんな石垣に、ある日担任の先生が聞いた。

「おまえは将来何になりたいんだ?」

僕は何になりたいんだろう……、僕は……、やっぱり、僕は!

先生のその問いが、おぼろげでよく見えなかった彼の仄かな夢を志に変えた。

「僕、医者になります!」

多くの患者を診てきた石垣は言う。

「患者に同情するのが医師ではない」

病気になって心が豊かになった人もたくさん見てきた。

「人生が感謝に溢れた尊いものになってくれたら……」、そんな思いを込めて今は患者に聴診器を当てる。そして患者をほっとさせる安心感を全身から出そうと常に意識しているそうだ。

「それが僕にできる世界平和活動です」。彼はそう言って微笑んだ。

遠くの空に薄明かりが残る中、蝉の声はまだ聞こえていた。

僕は健康だけが取り柄だが、いつか彼の患者になってみるのも悪くないな。

消えゆく蝉しぐれを聞きながら、僕はそう思った。

切れない絆は、時空を超えて……

小学校低学年の時に父と2人で公園に蝉を捕りに行った記憶がある。遠い夏の日を今でも覚えている理由は2つある。1つは父が遊んでくれた貴重な思い出の1コマだからだ。

亡き父はいつもお酒ばかり飲んでいてあまり遊んでもらった記憶がない。

そしてもう1つこんな理由がある。その日、公園に同じクラスのやんちゃな友人がやってきた。少し汚れた服を着ていた。石を投げたり木の枝を折ったり振る舞いも粗暴だった。彼は僕の父にいろいろと話しかけていたが、父は可愛げのない彼に冷たい態度を取っていた。僕はその子に少し申し訳ない気持ちになった。でも幸いなことに彼は繊細な子ではなかったので、父の冷遇に気付くことはなかった。父が遠くの木に向かって歩いて行き、彼と2人になった時である。ふいに彼が言った。

「いいなあ、父さんがいて……」

僕が親しい友人の家に遊びに行くとそこには立派な父親がいた。僕はそんな父を持つ友人を羨んでいた。だから逆に羨まれる立場になったことにとても驚いた。

愛知県春日井市に熊谷文男という同い年の友人がいる。彼は物心ついた時から父親がいなかった。幼少の頃に父は家を出て行ったのだ。彼はそのことを恨んだまま大人になった。人づてに父はまだ生きていると聞いてはいた。一方、熊谷の妻は早くに父親を亡くしていた。ある日その妻が涙を浮かべてこう言った。

「生きているのに会ってわかり合えないなんて、そんな悲しいことはない」

それを聞いた熊谷は初めて父に会う決意をし、故郷の秋田に帰り居所を探した。熊谷、38歳の時である。父は施設に入っていた。その施設に行き、熊谷は案内された部屋の前に立った。

「このドアの向こうに、父さんがいる……」

父から「何の用で来たんだ」と言われるかもしれない。そう思った途端、熊谷はドアの前で一瞬動けなくなった。それでも思い切ってドアを開けた。そこには年老いた男が車椅子に座り、窓の外を見ていた。やがて振り返り熊谷を見た。父は軽く右手を上げた。満面の笑みを浮かべていた。その時、咄嗟に出た自分の言葉に熊谷自身も驚いたと言う。

「オヤジ、ごめん」

と言ったそうだ。何で謝ったのかわからなかった。父の事情も考えず恨み続けていたことを謝ったのだと、帰りの車の中で気付いた。

それから10数年経つが、熊谷は秋田に帰る度に父を施設から連れ出し、一緒に居酒屋に行く。

「車椅子だからトイレに連れて行くのも大変なんだよ」

そう言って笑った。

先日、NHKのスペシャルドラマ『海の見える理髪店』を観た。荻原浩の小説がドラマ化された作品だ。海が見える小高い場所にその理髪店はあった。店の主人は離婚経験のある独り身の70代半ばの男性だ。

ある日、20代と思しき若い客が予約を入れてやってきた。主人は髪を切りながら孫くらいの歳のその客に丁寧な言葉遣いで話しかけた。無口な青年だった。彼のつむじの形には特徴があった。見覚えのある形だった。主人には50歳を過ぎてできた息子が1人いるが、幼い頃に別れてから一度も会っていない。

主人は髪を切りながら自分の半生を語り始めた。後悔の念を多く含んだ追憶だった。失われた時間が波の音とともに押し寄せてきた。散髪が終わり、椅子から立ち上がった青年は言った。

「来週、僕の結婚式があるんです」

「おめでとうございます。お母さん、お喜びでしょう」

「自分の家族ができるって思った時、会っておきたい人がいました」

主人はもう目の前の青年が我が子であることに気付いていた。青年が意を決して「お父さん！」と呼びかけようとしたそのタイミングで、主人はそれを言わせないかのように言った。

「今日ほど床屋をやっていてよかったと思った日はありません」

父は預かっていた上着を、大きくなった息子の背中に後ろから丁寧に着せた。そして遠慮がちに言った。

「お顔を見せていただけませんか。もう一度近くで。前髪の整え具合が気になりますもので……」

振り返った息子の頬には涙がこぼれている。父はそっとその頬に触れた。

遠い祖先に感謝の念は湧いても恨み節は出ない。だが、祖先と呼ぶには親は近すぎて感謝することよりも、つい不満を抱き、多くを望む。だが命をもらい、計り知れない満ち溢れた慈愛を受け取っていたのだ。

切れないその絆に、感謝の想いを送り続けようと思う。

笑い続けて戻ってきた風景

分子生物学者の故・村上和雄さんの著書は数十冊にも及ぶが、そのほとんどは遺伝子について書かれたものである。村上さんは著書の中で、「笑い」が良い遺伝子のスイッチをＯＮにし、「笑い」が病気を快方に向かわせることができると書いている。

少し気分が落ち込んでいる時は、その気分に合った少し暗めの曲を聴きたくなるものだ。だがいつまでも沈んだ気持ちでいるわけにはいかない。そんな時に気持ちのベクトルを変えるのに笑いは良いきっかけになる。

愛知県に住む伊坪浩幸さんは、理学療法士として長年勤務した愛知県がんセンターを数年前に定年退職した。今は「笑いを使った腹式呼吸」を普及させるため、講演で全国を回っている。腹の底から響き渡り、幸せが広がっていくような彼の笑い方は「プロの笑い」を感じさせる。

先日、久しぶりに伊坪さんと会った。常に笑顔が溢れる彼だが、数年前までその顔に明るい笑みはなかった。ひどいうつ病を患っていたのである。はっきりした発症の原因は自身でもわからないと言うが、「いろんなものが積み重なったのだろう」と伊坪さんは振り返る。そしてその「いろんなもの」は発症してからさらに積み重なっていった。

薬を服用したことにより、副作用で度々睡魔に襲われた。診察の空き時間に横になることが増えた。すると同僚から「最近よくさぼっている」と陰口を叩かれるようになり、つらくても横になれなくなった。実家は食料販売店を営んでいたが、近所にスーパーが出店し、実家の店はたたむことになった。程なくして父親が脳梗塞で倒れる……。

「あの時はどんどん泥沼にはまっていきました。まさに負のスパイラルでした」

と当時を笑顔で思い返す。

「休職して回復する見込みがあればそれも考えたが、自分の場合はそれをやるとさらに負のスパイラルに絡め取られるのではないかと思い、職場に重い足を運んでいた」

と言う。守らねばならない家族もいた。

ある日、患者の見舞いにやってきた男性が伊坪さんを見て言った。

「あんたのほうが患者に見える」

そして彼が伊坪さんに奨めたのが「笑い」だ。

「とにかく笑え、笑いまくれ」

その男性は笑いでがんから回復した経験を持つ人だった。

車で1時間かけて通勤していた伊坪さん。その車の中で3年間笑い続けたという。「がんが治るなら当然うつ病も治るだろう」、そう信じた。だがいっこうに改善の兆しは見られなかった。でも笑っている時には気分が沈むことはなかったのでそれを拠り所として毎日笑い続けた。するとある日、女性の患者さんから一歩進んだアドバイスを受けた。

「腹式呼吸で笑うときっと効果がありますよ」

腹式呼吸で自律神経を刺激することで笑いの効果がさらに高まるというのである。そしてそのアドバイスが「プロの笑い」を完成させた。伊坪さんは現在まで約10年間、「笑いを使った腹式呼吸」を毎日実践している。笑い方を進化させたことによって症状は劇的に改善し、やがてうつは消えた。

僕は一つ伊坪さんに単純な質問をしてみた。

「車の中とはいっても、回りのドライバーの目は気にならなかったんですか?」

彼の次の答えを聞き、僕は深く苦しんだ人だからこそ言える強さを感じた。

「ただひたすら前を向いて笑うんです。信号待ちで隣に停まった車や対向車なんか気にしません。病魔に勝つには恥ずかしさに負けるわけにはいかなかったんです。今思えば笑い続ける覚悟をした時点で僕はきっと勝っていましたね。わっはっはっ」

試しにやってみようと思った。同じ愛知県とはいっても伊坪さんと会った西春日井郡豊山町から僕の家がある豊橋市まではずいぶんと距離がある。帰りに車の中で試すには充分過ぎる時間だ。僕は教えられた通り腹の底から笑い続けた。隣の車は気にせずひたすら前方に視線を向けて。だが僕の場合は覚悟も何もないただのサル真似だ。脇目も振らずに笑っていたが、前方に停まったトラックを見た途端すぐにやめた。トラックの後部に貼られたステッカーにはこう書いてあったのだ。

〝ドライブレコーダー搭載！後方車撮影中！〟

「覚悟をする」ということは、どんな結果になろうともそれを受け入れる心の用意ができているということだ。そこにそこはかとない強さを感じる。

たかが笑い、されど笑い。笑うことで良い遺伝子のスイッチはＯＮになる。そしてそこに「覚悟」を加えれば、ＯＦＦスイッチの存在さえ綺麗に消し去ってしまうのかもしれない。

心の境界線が消えると人は共に輝ける

中日ドラゴンズ監督の立浪和義さんを解説者時代に取材したことがある。現役時代、難病の子どもを励ますために病院に見舞いに行った時の話が印象的だった。

「ただ会うだけで感動してもらえるんです。『僕の仕事はなんて恵まれているんだ』と思いました。治る可能性が限りなく低いある男の子が『治ったらナゴヤドームに立浪さんを応援に行きます』と言ったんです。励まされたのは僕のほうでした」

病室を後にした途端、立浪さんの頬には涙が流れたという。「励ます側」と「励まされる側」、そこに境界線はないのかもしれない。立浪さんの話を聞いていてそんな気がした。

僕たちは他人同士互いに影響を与えたり、与えられたりしながら生きている。その中に学びがあり、共に成長していく。ある時は部下に教えられ、生徒に学ばされ、子どもに諭される。

友人の心療内科医はこう言った。

「治す側が医師、治される側が患者だと考えるのは私の思い上がりでした。お互いが心のエネルギーを交換して成長していく空間が診察室なんです」

先日、公益財団法人メイク・ア・ウィッシュ名古屋支部の原順子さんに会った。

「メイク・ア・ウィッシュ」とは、難病と闘う子どもたちを支援するため1980年にアメリカで発足した国際的なボランティア団体である。自由に行動できない闘病生活を送る子どもたち。彼らの夢の実現をサポートするのが主な活動だ。

「イルカと泳ぎたい」「絵本を出版したい」「お父さんと結婚式を挙げたい」……、いろんな夢が語られる。担当医と相談の上、夢の実現に向けて企画は始まる。そこには周りの大人たちの協力が欠かせない。「大ファンのあの人と会って話したい」という夢もよくあるそうだ。無報酬ではあるが、子どもに会いに来てくれる有名人は多いとのこと。

「テーマパークに行きたい」。交通費を渡そうとしてもそれすら受け取らない人も珍しくないらしい。

そんな夢を語る子どもは多い。だが数年前はコロナ禍でその実現は難しかった。

小学3年生（当時）の安藤佐知ちゃんはその夢はあきらめたが、目の輝きが消えることはなく次にこう語った。

「じゃあ、お子様ランチが食べたい！」

外食に行くのもままならない彼女にとってお子様ランチは夢の食べ物だったのだ。

ご飯の上に立っている小さな日の丸は憧れの象徴だった。

原さんは彼女の誕生日会を企画した。場所は名古屋市の一流ホテル。原さんはホテルに出向き事情を話して、金銭面も含め協力をお願いした。ホテル側は原さんの期待以上の提案をして、全面的に協力してくれた。

誕生日会前日、ホテルにあいさつに行った原さんは驚いた。部屋のベッドカバー、枕カバーが佐知ちゃんの好きなキャラクターになっていた。そしてホテルマンはその部屋でバルーンアートを作っていた。お祝いのパネルを懸命に組み立てている人もいた。別のホテルマンは佐知ちゃんの好きな飲み物を聞いてきた。誕生日会で用意するためだ。さらには両親とお兄ちゃんの好きな飲み物まで聞いてくれた。

当日ホテルに行くと、多くのホテルマンが玄関で待ち構えており盛大に出迎えてくれた。ＶＩＰが到着したかのようだった。

そして佐知ちゃんは夢のような部屋で夢のお子様ランチを食べて夢を叶えた。実は大人たちはその夢の続きを作っていた。安藤さん一家は隣の広いパーティー会場に案内された。そこに用意されていたのはバースデーケーキ。佐知ちゃんが一番好きなキャラクターがデザインされた特製のバースデーケーキだった。

その夢のケーキまでの花道にホテルマンがずらっと並びクラッカーを鳴らした。そこで音楽が鳴った。盛大な拍手の中、車椅子の佐知ちゃんはゆっくりと夢のバースデーケーキに向かって進んでいった。

「旗が付いたお子様ランチが食べられて嬉しかった。でもあんなにたくさんの人が私を応援してくれたことがもっと嬉しかった」

佐知ちゃんはそう言って微笑んだ。

そしてすべての予定が終わるとホテル側は原さんにこう言った。

「ありがとうございました。私たちのほうがとても楽しませてもらいました。料金は一切要りません」

「メイク・ア・ウィッシュ」は寄付で成り立っている。その具体的な方法は団体のホームページに譲るが、多くの人たちの善意の支えが世界42か国でたくさんの子どもたちの夢を叶えている。

そして夢の実現を手助けした大人たちもまた、夢を叶えた「ウィッシュチャイルド」の明るい笑顔に支えられている。

亡き恩師がくれた恩返しの宿題

中学2年生の時の担任を、みんな「光俊先生」と呼んでいた。苗字は「神谷」だが、「神谷先生」と呼ばれているところを見たことがない。教員の間でも「光俊先生」と呼ばれていた。光俊先生は体育教師でサッカー部の顧問もしており、常に竹刀を持ち歩いていた。生徒に恐れられていたが、その反面どの先生よりも生徒に慕われていた。

光俊先生がスポーツの世界に入るきっかけとなったのは小学生の時に見た友人の兄弟げんかだった。そのことを我々の卒業文集に先生が寄せたコラムで知った。こんな内容だった。

給食で余ったパンをもらった光俊先生は放課後、友人の家でそれを食べる約束をした。焼き上がったパンに砂糖を振りかけ、いざ食べようとした時、友人の兄が現われてパンを持っていこうとした。光俊先生の手前もあり、友人は激しく抵抗し、兄と掴み合いのけんかになった。それは光俊先生が経験したことのないものだった。先生はひとりっ子だったのだ。しばらくして友人の兄は諦めてその場から立ち去った。友人は涙を流しながらも無理に笑顔をつくり、光俊先生にパンを渡してくれた。見ると友人の耳は血がにじんでいた。

「その友人の振る舞いに私は涙が止まらなかった。そして集団の中でしか学べないものがあるのではないかと感じて厳しいスポーツの世界に入っていった」、そんなふうに書いてあった。

話は僕が中2の時に戻る。体育の授業でサッカーの試合をした時だった。サッカー部の岡本（仮名）が、連係プレーでミスをした春瀬（仮名）に罵声を浴びせた。試合後、その件に関して光俊先生がきつく注意をすると、岡本は「春瀬が悪い」と開き直った。先生の顔色が一瞬で変わった。

「そんな気持ちでサッカーをやるなら今すぐやめちまえ！」

授業後も岡本はグランドに残され光俊先生から説教をされていた。次の日、僕が春瀬とじゃれあっていると突然岡本がやってきて、照れ臭そうに、

「昨日はごめん。これからも遠慮せずボールに向かって来いよ」

そう春瀬に言って微笑んだ。

先生の趣味は夜釣りで、よく不良少年たちを夜釣りに連れて行き、話を聞いていた。退職してからもその趣味は変わらなかったようだ。数年前の冬、夜釣りに出掛けた先生は海で事故に遭い帰らぬ人となった。その知らせはあっという間に教え子の間に広

まった。僕は仕事が終わると車を2時間飛ばして故郷に帰り、お通夜に参列した。約30年ぶりに再会した先生は、あの頃と変わらぬスポーツ刈りで静かに眠っていた。

その1年後、僕は光俊先生を「M先生」と称し、パンのエピソードを日本講演新聞のコラムに書いた。タイトルは「ひとりっ子」。

掲載紙を先生の奥さんに届けたいと思ったが、家の場所も住所もわからなかった。だが、その新聞は思いもよらないところから奥さんの手に渡っていたことがわかった。

僕が刈谷市立朝日中学校（愛知県）で講演をした後、付き添いの先生と校長室へ向かって歩いていると、一人の先生が後を追ってきた。

「山本さんって刈谷市出身ですか？　以前書かれた『ひとりっ子』に出てくるM先生って光俊先生のことですよね？」

僕が頷くと、彼女は続けてこう言ったのだ。

「私も光俊先生にはとてもお世話になりました。新聞を読んですぐに先生の家に行って奥さんに新聞を届けたんです。奥さんは光俊先生が過去にそんなコラムを書いていたことを知らなかったみたいです。それで遺品の中のたくさんの卒業文集の中からパンの話が書かれたコラムを見つけ出してきました。30年後に教え子が夫の話を書いてくれたことを知って泣いていました。仏壇に新聞を見せて報告していましたよ」

その日、僕は生徒に感動する話を届けに行ったのだが、一番感動をもらったのは僕ではないかと思う。その女性の先生は続けてこう言った。

「あの新聞の発行日は先生の命日でした。狙ったんですか？」

そう言われて驚いた。全くの偶然だった。光俊先生の微笑む顔が脳裏に浮かんだ。

「人の死は2度ある」とよく耳にする。1度目は肉体の死。2度目は生きている人の記憶から消える時である。僕の仕事は温かい話を文章や講演で人々に伝えて心に光を灯すこと。そうすることで世界平和に少しでも貢献することである。1度目の死から2度目の死までの時間が長ければ長い程、僕はその仕事で人に役立った人生を送ったと思いたい。

光俊先生は多くの人の心の中でこれからも生き続けるだろう。僕もいつか死を迎えるが、その後の2度目の死は光俊先生の2度目の死より遅く迎えるのが僕の光俊先生への恩返しだ。先生からそんな宿題を出された気がする。宿題を忘れると、僕はあの世で竹刀を持って先生に追いかけられるかもしれない。なんか、それもいいなと思ったりもする。

半世紀前に言えなかった一言を胸に

豊橋駅の近くに創業50年を越えるお好み焼き屋がある。市内に2店舗ある老舗店だ。屋号を「伊勢路」という。そこのマスターと話がしたくて、数年前に店を訪れたことがある。きちんとアイロンが掛けられたカッターシャツに蝶ネクタイをしてお好み焼きを焼いていたのは78歳（当時）のマスター・堀米治（ほりよねじ）さんだ。

「昔はね、お好み焼きのことをこの辺では『ごっつぉう焼き』と言ったんです。『ごちそう焼き』が転化したものらしいんですけどね、響きとしては蔑（さげす）む感じでしたね」

堀さんはそう言って笑った。

「なんだ、お前はごっつぉう焼き屋か。タダみたいなもので儲けようとしやがって」

そんなことを言われたこともあるらしい。

「だからね、少しでもお好み焼きの地位を上げようと思いました。正装をした職人が技術を持って焼いた料理であることを示すためにずっとこんな格好をしているんですよ」

そんな堀さんを知ったのは地元ラジオ局の番組だった。堀さんは毎年春、地元の福

祉施設の子どもたちを招いてお好み焼きや焼きそばを振る舞っている。2店舗に数百人の子どもが訪れるそうだ。

昭和45年から50年以上、堀さんはそれを続けてきた。店舗を開放するのは春先だけだが、それとは別に屋台を引いて施設を訪れ、年に数回の大盤振る舞いを行っている。なぜそのような活動を長年続けているのか。それを本人の口から聞いてみたくて僕は店を訪れたのだ。

「伊勢路」の創業は昭和44年11月。開店して1か月が経った頃、クリスマス・イブに裏口から入ってくる親子3人がいた。

「あそこの裏口から入ってきたんです。見るからに貧しい家族でした。当時一番安かった天かすだけで焼く120円のお好み焼きを3人で1つ頼みました。両親は箸を持っているんですけど手を付けないんですね。小学校に上がったかどうかくらいの男の子がおいしそうに食べていました」

堀さんが今でも後悔していることがその後に起きた。会計の時だった。

「お代は結構です」

その一言が言えなかったのだ。そのことを今でも悔やんでいると言う。

「他のお客さんに聞かれたらまずいのではないか。そもそもそれはこの家族を侮辱することになるのではないか」

そんな理屈が頭に渦巻いて、まだ若かった堀さんはその一言が言えなかった。その遠い冬の日に思いを馳せると今でも胸が痛むと言う。それがきっかけとなり、堀さんは翌年から施設の子どもたちへの大盤振る舞いを始めたそうだ。

「『一杯のかけそば』みたいな話ですね」

と僕が言うと、

「地元の新聞社の社長に『間違いなくあんたがモデルだ』と言われたことがあるんですよ。でもね、そんな光景は昔はよくあったんです」

目の前のお好み焼きをひっくり返し、堀さんは続けた。

「最近は応援してくれる人が増えて助かってます。施設の子を招く時、近所の人がキャベツやニンジンをたくさん持ってきてくれるんですよ」

お好み焼きが僕の目の前に出された。職人が焼いた豪華な一品だった。

手が空いた堀さんに、僕は「日本講演新聞」を差し上げた。堀さんのお好み焼きは優しい味がした。50年前の冬に現れた少年はきっとこの味と両親の愛を噛み締めたのだろう。その少年は今、還暦くらいの歳のはずだ。堀さんとは違う色彩であの日の思い出をずっと胸に抱いて生きてきたに違いない。

店を出る時、背中に声を掛けられた。

「これ、ありがとうございます。しっかり読ませていただきます」

振り返ると、僕が渡した新聞を手にした堀さんが微笑んでいた。日本で一番日本講演新聞が似合うお好み焼き屋のマスターだと思った。

今でも悔やんでいると語る堀さんだが、その後悔がその後に出会う多くの子どもたちの心に温かさをもたらしたのだ。過去の後悔を無駄にしない生き方をすれば、その後悔はきっと人生をより意味深いものにしてくれる。

外に出ると師走の風が何となく温かく感じた。

過去を恨まず、未来を憂えず、今を幸せに生きる

元裁判官の熊本典道さんが亡くなる数年前の話。福岡県の病院で寝たきりの熊本さんのもとに2人の姉弟が静岡県から見舞いにやってきた。袴田秀子さんと弟の巖(いわお)さんである。2人を見ると、熊本さんは声にもならない声で巖さんの名前を呼びながら嗚咽(おえつ)した。

巖さんの現在の処遇は「確定死刑囚」である。昭和41年に起きた殺人放火事件の犯人とされ死刑判決を受けた。巖さん30歳の時である。だが冤罪が疑われるため、歴代の法務大臣は誰も刑の執行書に署名できなかった。

事件から約半世紀後の平成26年、静岡地裁が再審開始を決定。その際に村山浩昭裁判長の英断があった。

「これ以上拘置を続けることは著しく正義に反する」

再審が決まっただけで、まだ無罪判決が出たわけではないが巖さんは突然釈放された。78歳になっていた。

平成19年、袴田事件がマスコミに大きく取り上げられたことがあった。冒頭の熊本

さんが守秘義務を破り、判決の内幕をマスコミに涙ながらに告白したのである。熊本さんは袴田事件の3人の裁判官のうちの1人だった。

「袴田さんは無実です。でも2人の裁判官をどうしても説得できませんでした……」

熊本さんは無罪判決を疑わず、その判決文の下書きまでしていたと言う。だがそれを破り捨て、裁判長の命令で泣きながら死刑判決文を書いたのだ。

巖さんは元プロボクサーである。ボクシングはノックアウトで試合が決まらない場合は判定で勝敗が決められる。微妙な内容の試合では3人の審判員の判定が2対1で割れることもある。その場合の勝利を「スプリットデシジョン」と呼ぶ。審判員が違えば敗者が勝者になっていた可能性は十分にある。

袴田裁判はまさかの「スプリットデシジョン」だったのだ。多数決で命の有無が決められたのである。

袴田事件を語るのに、姉の秀子さんの存在は欠かせない。

静岡県浜松市で開催されていた「袴田事件がわかる会」に僕も数回参加したことがある。そこで秀子さんに何度かお会いしたが、強さと優しさを兼ね備えたその仏のような魅力に誰もが惹き付けられる。

巖さんが逮捕された時、秀子さんは33歳、離婚して独り身だった。

「再婚してどうのこうのなんて、そんな余裕はなかったよ。巖のことがねぇ。でもあだこうだ言ったって始まらん。そういう運命だったと思ってる」

そう言って明るく笑う。秀子さんの発言は一貫している。そこに過去に対する遺恨や未来に対する悲観がないのだ。今を生きている。

「私が百歳まで生きれば巖の無実は証明されるでしょう」

秀子さんはそう言って笑う。

2018年6月、驚くことに東京高裁は巖さんの再審開始決定を取り消した。その時も秀子さんは、怒りの感情よりも釈放状態の取り消しまでされなかったことに安堵したと言う。判断は最高裁に委ねられたが、もし最高裁で却下されたら巖さんの身柄はどうなってしまうのか。そのことに関し、当時放映された東海テレビのドキュメンタリー番組で秀子さんはこう語った。

「今現在、巖はここにいる。だから今現在を大事にしたいと思ってる。最高裁で不当な判断が出た時は出た時の勝負ですよ。その時はその時でまた考えればいいことです。今は明るく生きていればそれでいいと思ってる」

その後2020年12月に最高裁は高裁の再審開始却下の決定を取り消し、審理を高裁に差し戻した。

２０２３年３月、再審開始が正式に決まった。巖さんが「確定死刑囚」でなくなる日は近い。事件から半世紀以上が経った。

かつて支援者の１人が、

「熊本さんがもっと早く告白してくれれば事態は違った展開を迎えていたかもしれないですね」

と漏らしたことがある。それに対し秀子さんは言った。

「そんなことは思わないさ。熊本さんも黙ってたほうが楽なのにあえて言ってくれたわけだもの。有難いと思ってる」

熊本さんを見舞いに行ったあの日。病室を後にする時に秀子さんは熊本さんの顔に触れて笑顔でこう言った。

「元気出さにゃあね（元気出さないとね）」

秀子さんと巖さんは６人兄弟の末２人。小さい頃はいつも一緒だったと言う。歳を重ねた２人は、再び寄り添って「今」を幸せに生きている。

生まれた日の夜空が教えてくれた

誰にでも必要な言葉を心に届けてほしい時がある。勇気付けてくれる言葉や悩みの解決にヒントを与えてくれる言葉だ。

八木龍平著『成功している人は、なぜ神社に行くのか?』(サンマーク出版)の中に興味深いことが書いてあった。どんな本も読む前に目次を見て、なにがしかの問いを頭に描きながら読み進めるのが良い読み方なのだそうだ。それと同じく、何か問題にぶち当たった時には、問いの答えを求めて日々の生活を営んでいくと、絶妙のタイミングで目の前に答えが現れるという。問いを持つことを八木さんは「アンテナを立てる」と表現している。それは感性を磨くことにも繋がると思った。

僕にもこんな経験がある。ある日、実家で1人で暮らしている高齢の母のことを兄と電話で話していた。最近は極端に物忘れがひどくなった。まだ生活には支障はないものの、やはりいろいろと不安である。

その翌日、コンビニを経営している女性からたまたまこんな話を聞いた。

「物を売る以外にも地域の役に立ちたいといつも思っています。一人暮らしの高齢者の認知症に最初に気付くのが私たちの場合も多いんですよ」

症状が進むと、悪気なく店のものを持って会計をせずに出て行く場合もあるそうだ。

「その時はどうすると思いますか?」

そう聞かれ、優しく声を掛け、会計をしてもらうのだろうと思ったが少し違った。店に戻ってもらった後は、すぐ警察に電話をするそうである。

「処罰してほしいなんて全く思ってません。ただ地元の警察官にその人の顔を覚えてもらいたいからなんです。街で気に掛けてもらえるようになりますからね。民生委員に相談する場合もありますよ」

彼女の話を聞き、すぐに実家の地域の民生委員に連絡を取り、時々母の様子を見に行ってもらうお願いをした。民生委員の存在は知っていたが、前日兄と電話をしている時はそこまで頭が回らなかった。天が彼女の口を借りてそっと僕に教えてくれた気がした。

こんなふうにいろんな役柄の人が不意に現れて、答えをそっと示してくれるのだ。

愛知県の刈谷市立小高原(おだかはら)小学校で理科の教師をしている小田孝仁さんは、数年前の春まで教職を離れて市が運営するプラネタリウムの解説員として3年間派遣されていた。その科学館は金曜日に限り、18時半からの投映時間があった。子ども対象ではな

く、少し天文知識を交えた大人対象の放映内容だが、いつも客はまばらだ。

ある雨の日のことだった。会社帰りと思われるサラリーマンが1人でやってきた。体は小田さんよりひと回り大きく、身なりも整った紳士だった。だが、小田さんの目には彼は少し疲れているように映った。上映時間になったが他にお客さんは現れない。小田さんは男性のところに行き、そっとこう言った。

「生まれた日の夜空を眺めて見ませんか?」

「そんなことできるんですか?」

男性は少し驚いてそう言った。生年月日を聞くと、少しだけ小田さんより歳上だった。その日付を機械に打ち込むと、男性の頭上に満天の星空が現れた。星たちが作り出すその日だけの夜空である。星座や天体の解説が男性1人のために始まった。そしてその年の出来事が小田さんの優しい声で語られた。すると真っ暗な館内から男性がすすり泣く声が聞こえてきた。上映が終了し、館内が明るくなると、男性は映写室の小田さんのところにやってきた。

「ありがとうございました……」

目を真っ赤にした男性は静かに話し始めた。

「施設にいる母の認知症がひどくなってきました。最近は僕が誰だかもわからないようです。正直、もう行くのも億劫に感じていました。でもさっき生まれた日の夜空を見上げていたら、この日に母が僕を生んでくれたんだな……。だから僕は今ここにいるんだな……。そんな感謝の想いが湧いてきました」

小田さんはその時、目の前の男性が少年のように見えたそうだ。

「急に母に会いたくなりました。明日、母のところに行こうと思います」

そう言って帰ってゆく男性の後ろ姿は、元の紳士の姿に戻っていたという。来た時に感じた疲れた様子はもう消えていた。

誰にでも生まれた日の夜空がある。そして、この宇宙に命を生み出した母がいる。感性を磨いて、自分の役柄を素直に演じ、自分が世の中に良い影響を与えられる役者になれたらいいなと思う。

生んでくれた母のためにも。

許すことを選択した生き方

「松本サリン事件」で警察、マスコミから犯人扱いされた河野義行さんと話したことがある。今は生まれ故郷の愛知県豊橋市で暮らしていると聞き、僕と同じ街で暮らしていることに驚いた。

事件は平成6年、長野県松本市で起きた。河野さん宅周辺で夜に猛毒のサリンが撒かれ、河野さん夫妻をはじめ数百人が病院に運ばれ、7人が死亡した。救急車の中で死を覚悟した河野さんは当時高校1年生だった長男に言った。

「後は頼んだぞ」

写真が趣味だった河野さんの家には一般家庭にはない薬品が庭の倉庫にあった。自分で現像する時に使うもので、使い方次第では猛毒になるものだった。その薬に疑いの目が向けられた。警察は河野さんを被疑者として扱い、マスコミは実名で報道。河野家には嫌がらせの電話や手紙が殺到した。逮捕が近いと覚悟した河野さんは、中高生だった3人の子どもに貯金通帳と家と土地の権利証を渡して言った。

「お父さんが逮捕されたら、これは今後のためにみんなで考えて使いなさい。どうにも足りなくなったら家も土地も売ればいい。なんとかなる」

共犯を疑われた長男は警察の事情聴取に毅然とした態度で応じた。

「あの時、息子が自暴自棄になっておかしな証言をしていたら、私は逮捕されていたでしょう。なかなかいい息子です」

河野さんはそう言って笑った。当時の子どもたちの負担に思いを馳せると心が痛む。河野さんに会った時、僕の息子はまだ小学生だった。数年後にそこまで成長しているとは思えなかった。家の財産を任されたら戸惑わないだろうか。河野さんにそう話すとこんな答えが返ってきた。

「子どもはね、年齢ではないんです。『後は頼む』と私に言われた時の息子は、覚悟を決めた顔になりました。あなたのお子さんも覚悟した瞬間に大人になりますよ」

事件から12年後、1人の男が河野さん宅に現れた。サリン噴霧車を作ったことで懲役10年の実刑判決を受けた元オウム真理教信者の藤川さん（仮名）だった。溶接技術があった藤川さんは命じられるまま図面通りに作業を進めた。まさか殺人に使われるとは思ってもみなかったという。重い量刑を受けた藤川さんに河野さんは言った。

「あんたもツイてないね」

河野さんは藤川さんを、加害者側の人間ではなく自分と同じ被害者側の人間だと思ったのだ。河野さんは彼の謝罪を受け入れ、その後は何度も河野さん宅で食卓を囲んだり、一緒に釣りに行ったそうだ。

事件から14年後、重体だった最愛の妻が亡くなった。その間、意識が戻ることはなかったが、河野さんは毎日、

「生きていてくれてありがとう」

と声を掛け続けていたと言う。

「葬式はね、明るく見送ってやりたかったんですよ。だから結婚式同様2人でやろうと思ったんです。でもさすがに子どもたちに大反対されました」

河野さんには警察に対してもオウムに対しても怒りがない。

河野さんにとってそれが「自然体」なのだろう。河野さんからは一貫してそんな雰囲気が流れていた。

「怒りはないんですか?」

と聞いた僕に河野さんは言った。

「怒ってどうするんですか? こっちが疲れるでしょ。それに人は間違えるものです。許すほうが楽なんです。損得勘定で許すほうを選んでいるだけの話です。私は人格者でも何でもありません」

オウムの死刑囚数人から、

「お会いして謝罪したい」

と連絡が来た時も、河野さんは律義に東京拘置所まで会いに行った。

「面会で1人につき3万円を差し入れました。でもね、新実智光くんは少し減額しました。『ニイミ』の名前にちなんで21300円にしたんです。『名前が違えばもっともらえたのにね』と私が言うと彼はきょとんとしていました」

これが彼の自然体だ。河野さんは最後にこう言った。

「『ああ、楽しかった』、そう言って私は死ぬつもりです」

豊橋市をゆったり流れる一級河川の豊川（とよがわ）。河野さんは今日もそこでスッポンやウナギを釣っている。まっすぐに伸びた竿の先をじっと見つめる河野さんのその自然体で。

何かを失った時に見つかる美しいもの

人は人生の岐路に立たされた時、何を判断基準にその生き方を決めるのだろうか。「人生哲学」と呼べば大袈裟だが、「ものさし」のようなものである。

先日、ピアニストの智内威雄（ちないたけお）さんの半生を紹介する番組を観た。智内さんが生きる上で「ものさし」としているのは「美しいか美しくないか」なのだそうだ。

智内さんの父親は子どもの頃に「美しいもの」を一緒に探してくれた。骨董市で高価な美術品に美しさを見出すのは容易だが、安っぽくて、ちょっと欠けているお皿からも美しさを見つけ出すことを教わった。智内さんは輝きのあるお皿はもちろん、侘しげなお皿の味わいにも惹かれるようになった。そのお皿から過去の生活の営みが感じられ、「美しい」と思えるのだ。その父とは洋画家として著名な智内兄助(きょうすけ)さんである。

ピアノの先生をしている母親の影響で智内さんは3歳の頃からピアノを弾き始めた。そこからピアノと共に生きる彼の人生が始まった。まさに順風満帆だった。中学を卒業すると特待生として東京音楽大学付属高校に入学。大学卒業後はドイツに留学した。イタリアのコンクールでも入賞を果たし、将来が嘱望されていた。

そんな彼の人生が急変したのは25歳の時である。

今まで弾けたのになぜか上手く弾けない箇所が出てきたのだ。練習が足りないせいだと思って練習量を増やしたが、弾けない箇所はさらに増えていく。その原因は勝手に動く右手の小指にあった。

それは脳からの指令に異常をきたす難病「局所性ジストニア」によるものだった。だが、病名を知った智内さんはほっとしたと言う。「病気だったのか。だったら治せば元に戻る」と思ったそうだ。そのまま留学先のドイツで懸命のリハビリに励み、日常生活には何も支障がないほどの回復を見せた。そしてドイツ人の担当医から「完治した」との判断を受けた。

智内さんはこの時初めてショックを受けたと言う。

「元通りピアノが弾けないのだから『完治』はしていない」

と何度も訴えたが、

「普通の日常生活ができるのだから完治です」

と医師には言われた。ピアノが弾けない指に智内さんは絶望した。

智内さんは新たに生きていく道を探した。しかし、ピアノ一筋に生きてきた智内さんにとってピアノ以外の道はどうしても考えられなかった。

暗中模索を繰り返し、ようやく見つけた次のステージは「左手のピアニスト」だった。

この世には左手だけで弾く楽譜があるらしい。その多くは第一次世界大戦で右手を負傷したピアニストのために作られたもので、その数、数千曲にも及ぶそうだ。智内さんはその存在を知ってはいたが、「片手ゆえに、その奏でる音色の美しさは半減する。右手が使えない人が仕方なく弾く楽譜ではないか」と思っていた。

しかし、初めて弾いてみて驚いた。その楽譜には、障がいを持ちながらもそれでも音楽を支えに生きていこうとしたピアニストの魂が込められているのを感じた。弾きながらその思いが心に響き、溢れる感動と共に何曲も弾き続けた。

その時智内さんは、「音楽とは元来人に希望を与えるものなのだ」と気付かされた。

しかし、周りの音楽関係者の目は冷たかった。仲間たちは「左手のピアニスト」を目指そうとする智内さんの選択に反対した。智内さんに左手だけの楽譜を渡した指導教授でさえ、

「無名の君がそれで成功するはずがない」

と諭すように言った。だがそんな中、1人だけ智内さんの背中を押してくれた人がいた。父・兄助さんである。父は言った。

「前から何でおまえは両手を使っているのか不思議だった。俺は片手に全神経を集中させて魂を込めて絵を描いている。本気で表現したいなら、おまえも片手に集中するべきだ」

真剣なまなざしでそんなことを言う父親に智内さんは半分呆れたが、続いて父親が放った言葉にはっきりと未来が見えた
「おまえのその選択は美しい」

美しい生き方というのは、自分の役割を見つけて、置かれた環境に感謝して生きることではないだろうか。それは意外と、何かを失った時に見つかるものなのかもしれない。

智内さんのピアノの音色を聴いていたらそんな気がしてきた。

逃げない覚悟、忘れない生き方

名古屋市で補聴器と介護用品を取り扱う株式会社アンプリライブの社長・今井浩詞さんは、小学校低学年の時に見た光景が今も脳裏に焼き付いている。母親が先生に頭を下げて謝っている後ろ姿だ。見ているのがつらかった。学校の窓ガラスを誤って割り、そのまま逃げ出したことが先生に発覚して母と呼び出されたのである。

「逃げることはこんなにつらい思いをするのか。僕はこれからはもう逃げない」

今井さんはその時自分にそう誓った。

今井さんに会ったのは冬の日だった。その日から16年前の同じ冬の季節、今井さんの会社の社員が人身事故を起こした。連絡を受けた今井さんは、事故を起こしたAさん（当時29歳）の身元を引き取りに警察署へ行った。夕方、被害者の親族から電話があり、今井さんは謝罪のためにAさんと共に病院へ向かった。被害者は前日に誕生日を迎えたばかりの53歳の男性で、意識不明の重体。そのため最悪の事態に備えて遠方に住む被害者の親兄弟が名古屋まで駆け付けていた。罵声を浴びることはなかったものの、冷たい視線が今井さんとAさんを突き刺した。

被害者の娘の佳奈さん（仮名）は高校卒業後にイギリス留学が決まっており、母娘は現地のアパートを探すために日本を離れたばかりだった。もう連絡は付いており、イギリスに着いたと同時に帰国するための便を探しているとのことだった。

「どんな顔をして奥さんと娘さんに会えばいいのか……」

今井さんの頭の中は真っ白になった。

連絡が来ないまま3週間が経過。ようやく奥さんの兄から、「妹があなたたちに会いに来てほしいと言っている」と連絡が来た。

どんな言葉を投げつけられても受け止める覚悟で病院へ向かった。妻の芳子さん（仮名）は今井さんに会うなり、深々と頭を下げてこう言った。

「3週間も待たせてしまって申し訳ございません。私の気持ちの整理が付くまで少し時間を要しました」

意表を突く言葉に、今井さんの目から涙が溢れた。

「よかったらうちの人に会ってください」

今井さんは被害者の和昌さん（仮名）の病室に入った。呼吸器を着け、意識もなくベッドに横たわる和昌さんに今井さんとAさんはただ頭を下げ、謝り続けた。そんな今井さんたちの背中に芳子さんは声を掛けた。

「うちの主人は、他人の悪口を全く言わない人でした。おそらく口が利けたら、『Aくんは悪くないよ。僕も急いでいたから出会い頭にぶつかったんだよ』、主人はそう言うと思います」

芳子さんの兄も口を開いた。

「妹は名古屋に知り合いがいません。義弟がこんなことになってしまって心細いと思います。どうかこれからは妹の話し相手になってやってください」

Aさんを担当した初老の弁護士は芳子さんの陳述書を読んで驚いた。

「こんなに温かい被害者の陳述書は弁護士人生で見たことがない」

そこには厳罰を求めない内容ばかりか、Aさんの気持ちを慮ることまで書いてあったのだ。Aさんには執行猶予付きの判決が出た。だが和昌さんはあれからずっと意識が戻っていない。

和昌さんは名古屋の大学教授だった。事故後に退職し、今は東京の自宅で暮らしている。今も意識は戻っていない。今井さんは半年ごとにその自宅を訪れ、芳子さんとの会話の中から必要だと思われるものを感じ取り、自宅に介護用品を届けている。

あの時、ベッドに横たわる父親に初めて会った娘の佳奈さんは、

「こんなのお父さんじゃない！」

と言って泣き崩れた。先日、訪問した今井さんに、

「いつも父と母がお世話になっております」

と言いながらお茶を出してくれたのは30代半ばになった佳奈さんだった。

直接の加害者のAさんは、今は退職して会社にはいないそうだ。

当事者ではないのにどうしてそこまでできるのか、と僕は今井さんに聞いてみた。

「社長というのは当事者です。体の弱かった母は、私が14歳の時に亡くなりました。母の背中に教えられたことを当事者の私は守ります。被害者にとって一番つらいのは忘れられることです。私に今できることはこれだけですから」

そして次に出た言葉にはっとした。

「もうすぐ東日本大震災が起きた日がやってきます。あの悲劇の記憶が薄れてきた人が増えてきていると思います。私は被災地に足を運びました。『忘れないでください』と被災者の方々に言われたんです。それから毎年まとまった金額を被災地に寄付しています。私は、和昌さんも、その家族も、東北の被災者も、これからもずっと忘れません」

逃げない覚悟、そして、「忘れない」という強い想いは、痛みを共にして一緒に前を向いて歩むことなのだろう。

10年後、近場の温泉に行く大きな夢

ここに1冊の本がある。『人は人で磨かれる』（中部経済新聞社）というエッセイ集だ。著者の筧一己（かけひかずみ）さんはわらび餅の販売から公園の清掃業務など、幅広い事業を手掛ける株式会社リバースの経営者である。「成人式に行かせてくれなかった上司がその日の夜にそっとくれたプレゼントの話」「高校1年生の時、1人のホームレスと結んだ小さな友情の話」等々、本から伝わる著者の人間味に触れて、僕は直接会って話を聞いてみたくなった。

筧さんの経営する会社は愛知県稲沢市にあった。はだか祭で有名な国府宮（こうのみや）のすぐそばだ。公務員の両親の下で筧さんは育った。

「おまえは公務員の子らしくしろ」

が父親の口癖だった。そんな父と筧さんはいつもぶつかった。中学校では度々問題を起こした。

「おまえは俺の足を引っ張ることしかしない」

と言われ、確執は続いた。いつも2人の仲を取り持とうとしてくれたのは母だった。

高校の入学式当日、同じ中学から来た女の子が先生から厳しく叱責されていた。髪のパーマを注意されていたのだ。だがそれは天然のものだった。筧さんは間に入って弁護したが聞き入れてもらえなかった。それどころか、

「田舎者は天然と言えば許されると思っている」

と言われ、筧さんは先生に激高。卒業までに都合6回の停学処分を受けたが、これがその最初となった。卒業式も停学中で出られなかったが、4月になってから先生が小さな卒業式を開いてくれた。そこにクラスの仲間数人が駆け付け『蛍の光』を歌ってくれた。

「おまえの停学の理由はいつも俺たちのためだった。お返しができるのはこれくらいしかないから……」

友人たちは口々にそう言った。

縁あって20歳の時に小さな不動産会社に就職した。勉強して宅建の資格を取ったが、客との土地の取引が宅建法に触れていたことが判明。社長は有資格者の筧さんに責任の全てを押し付けた。筧さんは20歳そこそこにして7千万円の借金を抱えてしまった。

「訴えることも考えました。でもそれで問題が大きくなるくらいなら黙って背負ったほうがいいと思いました。両親にもうこれ以上迷惑を掛けたくないという強い思いが

ありました」

筧さんはそう振り返る。

借金返済のために気仙沼からマグロ漁船に乗った。10か月のクールを2回こなし、陸に上がった。昼は佐川急便の運送ドライバー、夜はホストとして働き、借金は28歳の時に完済した。その後は人材派遣会社で働き、2年後に独立。自身の人材派遣会社を立ち上げた。ホームレス支援など、多くの慈善活動に対して各種の機関から表彰され、小中学校をはじめ多くの団体で講演活動も行うようになった。

ここまで聞くと、よく耳にするどん底からの逆転ドラマである。だが筧さんの人生劇場にはまだ続きがあった。コロナショックが筧さんを襲ったのだ。400人いた社員が派遣先から次々に切られた。そんな状況の中、5年に1度の人材派遣業の許認可の更新時期が来たが、更新はしなかった。そこで筧さんは会社の業態を転換し、人の喜ぶ事業を細々とやっていこうと考える。

そんな折、労働基準監督署から社員が派遣先で有休を取っていなかったことを指摘された。有休分の給与の支払いは派遣先ではなく筧さんの会社に請求された。そのため今度は1億円を超える借金を抱えることとなる。

還暦を迎えた筧さんは先日中学時代の同級生2人と会った。社会的に大出世した彼らの退職金は高級住宅を2軒買ってもお釣りがくるほどの額だった。筧さんがそのことを妻に話すとこう言われた。

「その退職金の陰には奥さんの苦労があったはず。私だって支え続けたのに私は億を超える借金を背負った。私はどうも支える相手を間違えたみたいね」

筧さんは情けなさで涙が出そうになるのをぐっと堪えた。だが次に言われた言葉で涙が溢れた。

「こつこつ借金を返していって、10年後に近場の温泉にでも一緒に行けたらいいじゃない。その時きっと私は今まで支えてきてよかったなって思えるわ」

筧さんは波乱万丈の人生だとよく言われるそうだ。だがそれは身の丈に合っていないことをしてきたからだと筧さんは言う。

「この逆境を乗り越えればそれが身の丈になる。そう思うとわくわくします」

そう言って笑った。目の前には僕が本で感じた通りの人間味のある男がいた。

確執のあった父は亡くなる数年前から筧さんの仕事を全力で応援し始め、和解して見送った。

93歳になった母は、今も温かい味噌汁を作ってくれると言う。

元ヒットマンが思い描く若者の未来図

神奈川県から家族で転居し、愛知県でグランピング施設の運営を始めた荒木信広さんを取材した。

グランピングとは専用施設を使用して手ぶらで気軽に、かつ豪華にキャンプを体験するものだ。今日に至るまでの荒木さんの生い立ちを聞いた。

荒木さんは前科48犯の父を護衛するためのヒットマンとして育てられた。18歳の時には傷害容疑で全国指名手配となり、車の運転中に検問で止められその場で逮捕された。成人式は茨城県の少年刑務所で迎えたと言う。出所後は保護司の紹介で水道設備会社で働き始めた。

父はそれを認めてはくれたが、ヒットマンであることに変わりはなく、電話が鳴ればすぐ駆け付けなければならなかった。数年後、荒木さんは父に呼び戻された。仕事をやめ、馴染み始めた堅気の世界から再び闇社会へ戻っていった。

「このままでは自分の人生がなくなる」

そう思った荒木さんは23歳の時、父との決別を決めた。だがヤクザ社会とは縁を切ったものの、一般社会での生活は、今まで培ってきた常識とのギャップに悩まされることも多かった。荒木さんは職を転々とする中で、うつ病になり死を考えることもあった。壊れた車で寝泊まりをするホームレス生活にまで落ちたこともあった。

そんな荒木さんはふと資格を取ることを考え始める。取ろうとした資格は以前から興味があった「心理カウンセラー」だった。お金を借りて東京の学校に通った。資格取得後に連絡を取ったのは中学校時代の恩師の遠藤先生だった。学校で生徒と対峙し、カウンセラーとしての実績を積もうとしたのだ。

「俺は来年度から荒れた中学校の校長になる。不良生徒の更生におまえの力を貸してくれ」

荒木さんは恩師からそう頼まれた。でもそれは心理カウンセラーとして描いていた姿とは違ったので何度も断った。だが先生の熱意に負け、協力することを約束した。

しかし4月が近づくに連れて雲行きが怪しくなってきた。教育委員会が大反対したのである。

「あんな人間に教育現場を出入りさせるな」

そんな声が相次いだのだ。そんな折、今度は小学校時代の恩師から連絡があった。それは荒木さんが不登校になっていた時に手を差し伸べてくれた忘れられない前田先生だった。

「遠藤から話は聞いてるぞ。今から教育委員会に来い！」

荒木さんは意味もわからずに出向くと、そこには小田原市の教育長となっていた前田先生がいた。反対する課長たちの前で雇用契約書にサインをし、4月からアルバイトとして830円で学校に勤め始めた。遠藤校長は荒木さんに小さな部屋をあてがい、教室として自由に使えと言ってくれた。だが教職員からは無視されたり、5分遅れただけで給食を片付けられるなどの嫌がらせを度々受けた。

それでも荒木さんは、授業に出ず校内でタバコを吸うなどの問題のある生徒を「荒木教室」にあつめ、かつて鑑別所で自分がやった貼り絵や折り紙などをやらせ、不良少年たちと関わっていき、信頼を深めた。生徒は少しずつ変わっていった。

変わってきたのは生徒だけではなかった。問題のある生徒に取られていた時間が激減した先生たちだ。「中卒の奴と机を並べたくない」と反発していた教職員の中には、荒木さんにカウンセラーを受ける先生まで現れた。

数年後には数校を担当し、「主査」の役職をもらい年収600万円の任期付職員になっていた。そして学校再生のコンサルに指名されるまでになった。

現場の評判を聞き、教育委員会は任期が切れたら荒木さんを再雇用するつもりだった。だがそこに立ちはだかったのが大昔に作られた地方公務員法である。５年雇用された後の再雇用は認められていなかったのだ。荒木さんは多くの人には惜しまれながら学校を去ることになった。

次に始めた事業はコロナで立ち行かなくなり、同時に年間２００本以上あった講演もほぼなくなった。

そんな時、講演で愛知県を訪れた際、海や山の自然を見て、以前から興味があったグランピング事業をここで運営することを思い付いた。その旨を講演の主催者に告げるとすぐに、スポンサーを紹介してくれた。

今、その事業を手伝うのは荒木さんの「教え子」たちである。彼らは神奈川県から荒木さんを頼って引っ越してきた。彼らは社員だが、いずれ個人事業主として独立させ、行く行くはグループ内の法人代表として自分の道を歩んでほしいそうだ。荒木さんは言う。

「飢えている者に魚を与えるのではなく、魚の取り方を教えたい」

全国にこの事業を拡げ、若者たちが輝ける場所を作る。彼は今日も思い描いた未来図に向かって汗を流している。

止まっていた時を再び動かす絆画（きずなえ）

岐阜県美濃加茂市に住む医師・渡邉詠身（わたなべえいしん）さんのご自宅を訪問した。ご両親がとても温かく出迎えてくれた。お茶の間に通されると、白衣を着た詠身さんがいた。彼は聴診器をこちらに向け、優しく笑っている。僕は昔からの友人と再会したような気持ちになった。

詠身さんを僕に紹介してくれたのは最近知り合った30代後半の元似顔絵師・大村順さんだ。大村さんは幼少の頃から体が弱かった。入院することも多く、保育園も休みがちだった。いつしか人の輪に入るのが苦手になり、いじめられることもあった。

そんな大村さんが没頭したのが絵を描くことだった。中学に入ってからも独学で絵を描き続けた。塾で隣町の中学校に通う和人くんという親友もでき、別々の高校に進んでからもよく会って遊んだ。高校卒業後、大村さんは特技を生かしイベント会社に似顔絵師として就職した。

仕事を始めて半年後、イベント会場に和人くんがやってきた。大村さんは親友の似顔絵を描いた。それから大村さんは多忙な日々を送るようになり、和人くんとは次第に疎遠になっていった。

27歳の時、出張先の滋賀県で仕事をしていると実家の母から電話があった。和人くんが亡くなったという知らせだった。会社で突然倒れ、すぐに病院に運ばれたが間に合わなかったそうだ。和人くんの家に線香をあげに行くと、仏壇の横にあの日の似顔絵があった。和人くんは大阪で働いていたが、絵は寮の部屋に大切に飾ってあったそうだ。大村さんは連絡を取っていなかったこの数年間をひどく後悔した。

それから5年後のこと。大村さんは和人くんの母・悦子さんのSNSの書き込みを見つけた。「家族写真をもっと撮っておけばよかった」と書いてあった。その日は和人くんの誕生日だった。その想いを知った大村さんは1枚の絵を描いて和人くんの家に届けた。悦子さんは絵を見て驚き、やがて言葉を失い泣き崩れた。

その絵は和人くんを中心に両親とお兄さん一家が描かれている。悦子さんが驚いたのは和人くんの顔つきだ。悦子さんは和人くんの腕に手を添えている。その和人くんの顔は5年の月日を重ね、30代になっていた。

それが初めて大村さんが描いた「絆画（きずなえ）」だ。

絆画とは、大切な人の「現在」の姿を遺族と共に描いた絵だ。迎えるはずだった入学式、成人式、結婚式……。そんな節目の時間を絆画の中の世界で描く。公園で一緒に遊ぶ日常の姿や行くはずだった夫婦での海外旅行の1コマが描かれることもある。「絆画」という言葉は知人と相談して考えた造語である。大村さんは「絆画作家」として「キズナワークス」を立ち上げ独立。今までに400枚以上の「幸せな家族」を描いてきた。

大村さんは絆画を描く前に遺族からの聞き取りをとても大切にする。故人の人柄を正確に表情に描くためだ。小学校の時の文集を読ませてもらうこともある。過去に描いた絆画をスマホで見せてもらった。そこに描かれた人たちはみんな幸福感に満ち溢れていた。

僕は1枚の絵に惹かれた。白衣を着た白髪交じりの医師の絵だ。どうしてもその絵が直接見たくなって大村さんに連絡を取ってもらい、僕は翌日にその絵がある渡邉さんのご自宅を訪問した。それが冒頭の渡邉詠身さんである。微笑む両親の間に立ち、聴診器をこちらに向け、静かに微笑みかけている。友人のような親しみを感じた。僕と同世代の昭和46年生まれだった。彼は17歳の時に病でこの世を去った。医師になるのが夢だった。

ご両親の話では、彼は毎年1月に1年間貯めたお小遣いにお年玉を足して福祉団体に寄付する優しい子だった。彼の夢は人を助けるために医師になること。

そんなしっかり者の17歳の彼が亡くなる前の日、ふいに、

「お父さん、抱っこして……」

と囁いたそうだ。その様子をお母さんは、

「まるで赤ちゃんに戻ったみたいだった」

と言う。お父さんは何年かぶりに息子を抱き上げた。

「あれは詠身が私たちにさよならを言いたかったんだと思います」

お母さんはそう言って絆画を見た。

「今までは高校生の時の遺影に話しかけていました。でも今は大人になったあの詠くんに話しかけています」

大切な人を亡くすと「あの日から時が止まったように感じる」という遺族の声を時折耳にする。

絆画には、その止まった時計の針を再び動かす力があるのかもしれない。

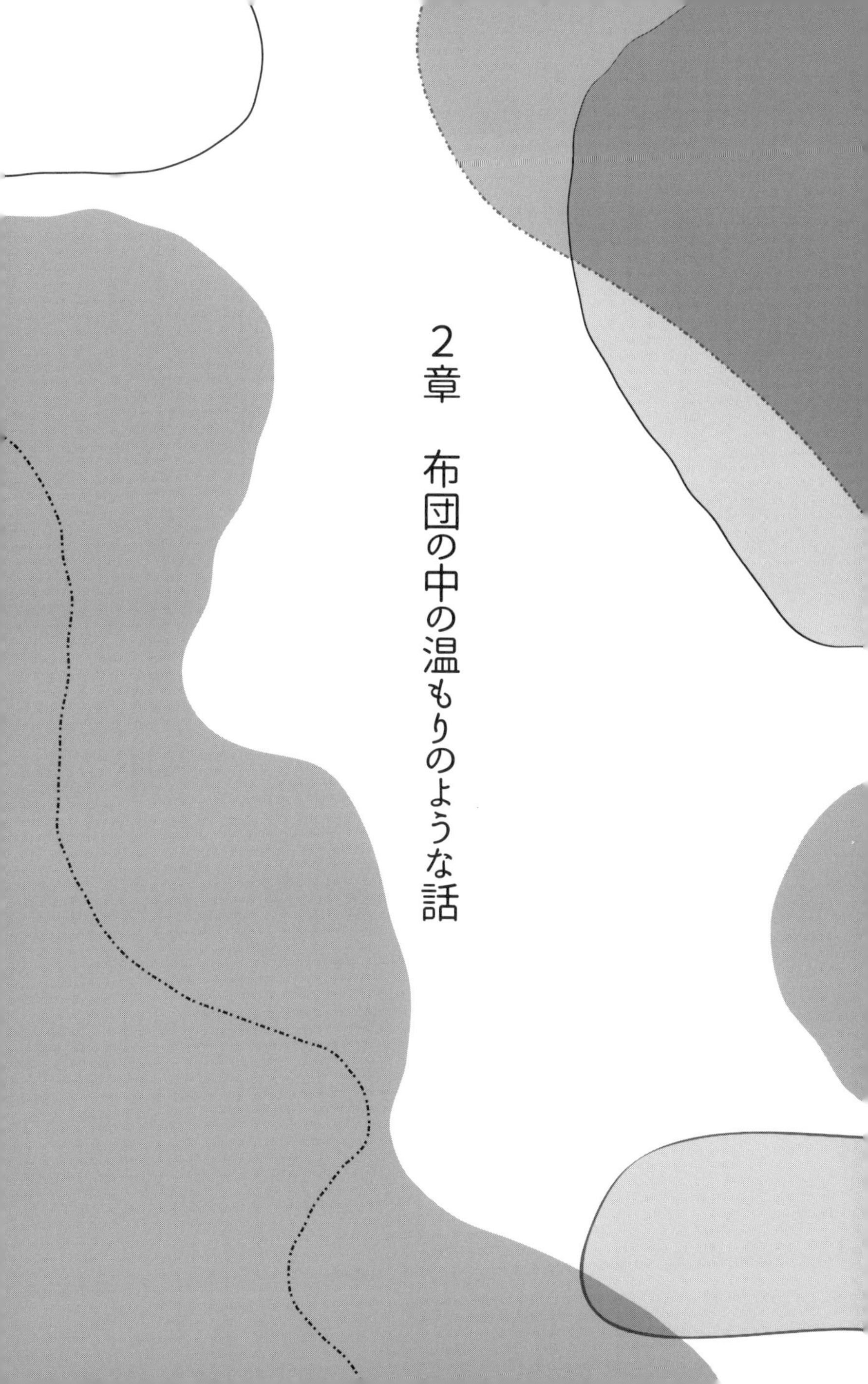

2章　布団の中の温もりのような話

正義より大切にしたい温かい世界

コロナが流行り始めた頃、「自粛警察」なる言葉が流行った。個人に委ねられているはずの外出などの自粛行為を他人に強制する人を指して使われていた。マスクをしていない人を見つけると激高する「マスクポリス」もいた。厄介なのは、彼らは自らの正義を信じて行動していることだ。

正義感を持つと人は暴走する。立場を変えれば、正義は簡単に悪になり、悪もまた正義になる。

脳科学者の中野信子さんは著書『人は、なぜ他人を許せないのか?』(アスコム)の中で、「他人への攻撃的な感情を抑制するのは脳の『前頭前野』と呼ばれる部位の役割が大きい」と述べている。ただ「前頭前野」の発達は遅く、25歳から30歳くらいでピークを迎える。それ故、「若気の至り」という言葉があるように、若い時は自分が正しいと思ったことに抑制が利かなくなることがままあるらしい。また、成長した「前頭前野」も加齢により萎縮してしまうそうだ。特に他人の言動に共感することが少ない人ほど萎縮するスピードも速いという。正義感から他人を感情的に叱り飛ばすご年配の「自粛警察」の人などはこれに該当するのかもしれない。

インドに「ダウリー」と呼ばれる風習がある。娘が結婚する際に父親が年収の何十倍もの持参金や家具を婿側に贈る習わしである。『シティ・オブ・ジョイ』という映画には、ダウリーのために多額のお金が必要となった貧しいインド人の父親が登場する。彼はあらゆる手を使って観光客からお金を掠め取っていく。僕もバックパッカーをやっていた若い頃、インドで何度も騙されたり、騙されそうになったりした。その度に大いに腹を立てた。

しかしその映画を観ていると、現地でインド人のぼったくりに怒っていた僕でさえも主人公に感情移入していき、「金持ちの国から来た外国人に声を掛けて多少のお金を騙し取っても罰は当たらない」という考えが芽生えてくるから不思議だ。

相手の事情が見えてくると、自分のちっぽけな正義感などすぐに崩れ去ってしまう。

電車内の携帯電話も「悪」と決めつけることができるだろうか。突然かかってきた電話に出て、小声でしかも早口で話しながら急いで切ろうとしていることがうかがえる人もいる。そういう人を「マナー違反だ！」と目くじらを立てる世の中にはしたくないものだ。

日本看護協会が主催する作文コンクールで、数年前に看護職部門の最優秀賞を受賞した作品を読んだ。佐賀県在住の齋藤泰臣さんが経験したこんな話だった。

ある日、電車の中で夫婦と思しき男女が言い争っている声が聞こえてきた。

「電話したほうがいいよ」

「いや、人の迷惑になる。駅に着いてからでいいよ」

2人はそんなやり取りを繰り返していた。互いに感情が高ぶり、次第に声が大きくなっていった。

「意識がなくても耳は聞こえるって。かけなさいよ。お義父さん、待ってるよ」

「電車の中だからかけられないよ」

聞く気はなくとも居合わせた乗客は状況が飲み込めた。夫の父親が危篤状態にあり、今病院で息を引き取ろうとしているのだ。緩和ケア病棟に勤務する齋藤さんにとって放っておけない場面だった。すると夫婦の向かい側に座っていた女性が優しく声を掛けた。

「電話したほうがいいですよ」

それを聞いた周りの乗客も次々と頷いた。みんなに背中を押され、男性は電話をかけた。

「お袋、親父の耳元にこの電話を置いてくれ！親父、聞こえるか？親父が一生懸命働いてくれたから、俺たちは腹いっぱいに飯が食えて、少しもひもじい思いをしなかったよ。心配しないでいいから。本当に、本当にありがとう……」

必死に嗚咽を抑え、最後の言葉を送る男性。居合わせた乗客全員が、彼の父にその声が届いていることを願う空気が流れていたそうだ。そこに「マナー警察」のような人が現れなくて本当によかったと思う。

迷惑を掛けずに生きていくことは不可能である。生きている以上は誰だって他人に迷惑を掛けている。誰にでもいろんな事情がある。みんなが穏やかな感情を持って他者の共感できるところを探すようになれば、きっとこの世から争いは減っていく。

あなたの頑張る姿は誰かの心に響いている

沖縄本島を走って1周する驚異的な大会がある。総距離400キロを72時間以内で完走しないといけないという過酷なレースだ。

数年前、NHKでその「沖縄本島1周サバイバルラン」の特集番組を観た。2019年11月に開かれたその大会に全国から68人がエントリーし、完走できたのはわずか5人だったという。

レースは昼12時にスタートした。初日は台風27号の影響で夕方から豪雨になった。途中、食事を取るための休憩所に1人の痩せた男性が入ってきた。

「僕が最下位ですよね。これから頑張ります」

疲労困憊の様子だった。沖縄そばをすする彼の映像に「49歳　社会保険労務士」というテロップが出た。僕と同い年の男が頑張っていた。

夜10時半、58キロメートル地点にある給水所で、

「あと1人来ない」

と、大雨の中、スタッフが心配そうに呟いていた。しばらくするとタイムオーバー

したランナーを乗せた車が到着した。車から降りてきたのは先述の49歳の男性だった。

「回収されました」

彼は照れ臭そうに笑いながらテレビカメラに向かってそう言った。乗り換えた車のルームライトで彼の顔がはっきり見えた。僕は目を疑った。それは大学時代の同級生・馬見塚仁(まみつかまさし)だった。最後に会ったのは共通の友人の結婚パーティーだから6年前だ。

元々痩せ型だが、さらに痩せたように見えた。インタビュアーが、

「なぜここまでして走りたいんですか?」

と彼に聞いた。

「僕みたいな貧弱な体でもこんなに走れるんだということを証明してみせたかったんです。これまでも趣味で走っていたんですけど、一昨年、がんになって胃の3分の2を切ったんです。もう僕はこれからは走れないのかなって……」

がんのことは知らなかった。彼は続けた。

「めちゃめちゃ楽しいです。苦しいけどそれは楽しさの一部です」

ここで女優・吹石一恵さんのナレーションが入った。

「完走はできなかったけど表情はなぜか明るい」

確かに彼の目は輝いていた。それを見ていたらふいに目頭が熱くなった。そして、

「感動したよ」

と僕は彼に久しぶりにメールをした。

歌手の長渕剛さんは東日本大震災の時、「歌なんか歌っている場合じゃない」と自分の無力さに苛立ったと語っていた。しかしすぐにそうではないと思い立ったという。

「俺の役目は歌で被災者を勇気付けることだ」と。

そして新曲を携えて被災地を訪問し、慰問コンサートを開催した。自衛隊の宿泊地も訪れ、

「皆さんは日本の誇りです。僕の大事な誇りです！」

と絶叫した。隊員たちは皆涙を流したという。

以前、取材した直木賞作家・村山由佳さんも
「震災の時には作家という仕事の無力感に苛まれた」

と語っていた。

震災の数か月後のこと。村山さんは仙台で新刊本のサイン会を行った。その本のあとがきに「自分の書く物語にどれほどの意味があるのかと、打ちのめされる思いだった」と書いていた。

そのサイン会に二十歳くらいの男性がやってきた。彼はサインをしてもらったが帰

ろうとせず、かばんからボロボロになった文庫本を取り出した。それは村山さんのデビュー作だった。地震の時、パニックになりながらも、近くにあったその本をなぜか手に取り避難したという。

「避難所では暗い話ばかりでした。目の前には絶望的な光景しかありません。そんな中、この本を乾かしながら何度も何度も読んだんです。どうしようもない現実から僕の心を逃がしてくれたのは村山さんの小説でした。村山さんの言葉が僕を救ってくれたんです。だから、『小説に力がない』とか『言葉に意味がない』とか、そんなこと言わないでください」

そう言って去っていった。その言葉に救われた村山さんの目から涙が溢れた。

人の心には「琴線」というものがある。それは何か強い想いに触れると共鳴して響き出す。時には人生を救うほどの強さで鳴り響くこともある。人知れず頑張っているあなたの姿や想いは、きっと誰かの心に届いている。

ヒマラヤの麓で流れた涙の理由（わけ）

若い頃、僕は自由気ままにアジアの国を放浪する旅人をやっていた。どの街でも日本円で1泊数百円の安宿に泊まっていた。しかし飛行機でやってくるのだから現地の人から見たら僕は「お金持ち」と思われる。その認識を持って謙虚さだけは忘れないように常に心掛けていた。

あらゆる国の中でもインドは価値観を根底から覆される絶大な魅力があった。だが同時にインドを旅していると心身ともにどっと疲れる。その魅力に絡み取られ、そこから逃げ出したくもなる。そんな心の疲れを癒すには隣国ネパールは最適だった。自然が雄大で人も優しく、ビールも安かった。

『ベストエッセイ集'91年版』（文春文庫）に「ネパールのビール」という話がある。元NHKディレクターの故・吉田直哉さんが書いたものだ。

彼は番組の制作のためネパールの山奥の村を訪れた。そこには電気や水道はもちろん、まともな道路すらない。取材部隊は車で行ける最終地点の町「チャリコット」でポーターを15人雇い、重い機材と10日分の食料を運んだ。

真夏のように暑い初日の撮影が終わり、ひと息ついた吉田さんは、村に流れていた清流を眺めながら、

「この川でビールを冷やして飲んだらおいしいだろうな」

と呟いた。

「この人、今何て言ったの?」

撮影を見に来ていた少年が通訳にそう聞いた。遠くの小さな村からこの山村に下宿して学校に通っている15歳のチェトリくんだった。

「僕が買ってきてあげるよ」

彼は目を輝かせ、そう言った。チャリコットまで買いに行くと言う。往復3時間はある。

吉田さんはビールを入れる袋と4本分のお金を渡した。チェトリくんは元気よく駆け出して行った。彼が帰ってきたのは夜8時を過ぎた頃だった。番組スタッフは拍手で迎えたそうだ。

次の日もチェトリくんは撮影見学にやってきた。来るやいなや、

「今日はビールはいらないの?」

と聞いてきた。気持ちは嬉しいが、やはり大変なことなので吉田さんは躊躇した。

そんな吉田さんに彼は言った。

「大丈夫。今日はもう学校はないし、明日は休みだから」

その言葉に甘え、吉田さんはビール1ダース分のお金と、昨日より大きな袋を渡した。だがその日、彼は夜中になっても帰って来なかった。

事故の心配をした吉田さんが村人に相談すると、皆口を揃えて、

「そんな大金を渡したのなら喜んで逃げたのだ」

と言った。学校の先生までもが、「事故ではない。彼は逃げたのだ」と言った。

「渡したビール代は真面目な少年の人生を狂わすほどの大金だったのか……」

吉田さんは自分の軽率な行為を後悔した。しかし、

「逃げたのならまだしも、チェトリくんは途中で事故に遭ったのではないか」

吉田さんはそんな心配も拭えないまま悶々と時を過ごした。

それから3日後の深夜、吉田さんの宿舎の扉がノックされた。「最悪の知らせかも」、そう思って扉を開けると、そこには泥まみれのチェトリくんが立っていた。

「チャリコットにビールが3本しかなかったから、そこから山を4つ越えた町までビールを買いに行ったんだ。だけど帰りに転んでしまって3本割ってしまった」

彼は泣きながらそう言い、割れた瓶の破片とお釣りを差し出した。

吉田さんはチェトリくんを抱き締め、号泣した。「大人になってからあれほど泣いたことはない」と綴っていた。

吉田さんのその涙に僕はふと思いを馳せた。

もちろん、「事故ではなく、無事に帰ってきてよかった」と心底安心した涙だったに違いない。と同時に、もしチェトリくんが大きな町へ逃げていたとしたら、「私が彼の人生を狂わせてしまった」と吉田さんは自分を責めていただろう。だからあの涙は「私も少し疑っていた。すまない」という謝罪の意味もあったのではないか。さらに、日本からやってきた自分たちを精一杯喜ばせようとしたチェトリくんの純朴な優しさに感動した涙だったのかもしれない。

その番組は昭和の終わりにＮＨＫスペシャルで放送されたそうだ。番組の裏側でこんな人間模様があったことを知り、ネパールの空のような温かさが心に広がった。

灼熱の戦場で見た望郷の雪景色

「八月や六日九日十五日」という詠み人知らずの句がある。

秀句か駄句かは僕にはわからないが、日本人には平和への想いが静かに心に伝わってくる句だ。

歌を詠む、絵を描く、映画や芝居を観るなどの芸術的な営みは、仮にそれが無くとも生活には何の支障もないように思われる。しかし、古今東西その営みがなかった文明は存在しない。やはりそれらは人が生きていく上でなくてはならないものだからだろう。

それは戦地であっても同じである。昭和前期に活躍した俳優・加東大介さんの戦争手記『南の島に雪が降る』にはそのことが如実に記されている。

戦時中、加東さんはニューギニア島の西端の地・マノクワリに駐屯する部隊にいた。敵軍が上陸した際には誰もが玉砕する覚悟であった。しかしいくら待っても敵軍は現れない。「あの島の日本人は放っておけば死ぬ」と思った敵軍は、無駄な戦いを避け、すでに隣の島に進んでいたのだった。

マノクワリの部隊は、芋畑を作ることで何とか食料は確保したが、栄養失調とマラリアで多くの死者を出していた。次第に希望は薄れ、心が荒み、喧嘩が絶えなかった。

そんな中、ある大尉が演芸班を作ることを提案した。加東さんが中心となり、各部隊から三味線が弾ける者、踊りができる者を集めた。

役者が揃ったところで芸を披露したら、「戦場で演芸などけしからん」と怒っていた反対派も「これは戦地に必要だ」と言い始めた。

やがて演芸班は独立した一部隊となり、司令部は劇場の建設を命令した。大工出身の兵隊が集められ、ジャングルから木材を切り出し、ついには200人収容できる「マノクワリ劇場」が完成した。

公演は毎日開かれ、演目は1か月周期で変えた。途中から入場料として芋をもらうことにした。川を泳ぎ野宿してやってくる遠くの部隊には芋の代わりに畑仕事をしてもらった。

彼らが再びやってきた時、人数が減っていることに加東さんは気付いた。聞くと病気や栄養失調などでその部隊にも死者が出ていると言う。彼らが帰る時、その後ろ姿を見送りながら、「今度来る時はこの中の誰かがいないのかもしれない……」、加東さんはそう思った。胸が衝かれる思いだったと語る。

次第に舞台の仕掛けは本格化していき、回り舞台にする計画が出た時に終戦を迎えた。しかしすぐに日本に帰れる船が来るわけでもなく、公演は続いた。

ある日、イギリス軍が現れた。彼らは劇場を見て驚いた。そして公演を観た後、月に1度観せる約束で公演を続ける許可を出した。彼らは来る度に女形の役者に大量のお土産を持ってきた。

『関の弥太ッぺ』という劇を披露した時のことである。こんなことがあった。雨の中でチャンバラをする場面があった。その雨を雪に変えようとの案が出された。島にいる兵士は何年も雪を見ていないからだ。積雪はもう必要のなくなったパラシュートの生地を使い、木の枝には脱脂綿を付けて雪に見せ、宙に紙の雪を降らせた。

雪を見た観客は大歓声を上げた。歓声が止んだところで役者は刀を持って舞台に出る。そんな段取りで毎日公演を続けた。

ところがある日、雪を降らせても場内から歓声が全く聞こえない。不思議に思った役者の1人が楽屋から客席をそっと覗いた。観客を見た彼は驚いた。

「泣いています。みんな雪を見て泣いています……」

それを聞いた別の役者が聞いた。

「今日の客はどこの部隊だ?」

「国武部隊です……、彼らは…、東北の部隊です……」

それを聞いた加東さんたちは涙を必死でこらえ舞台に出ていったそうだ。

昭和21年5月、ようやく迎えの船がやってきた。最後の公演の後、役者・観客全員で『蛍の光』を歌いながら、連れて帰れない戦死した仲間に想いを馳せて号泣した。4万人いた日本軍はわずか7000人になっていたという。

令和の日本の夏。英霊が帰れなかった故郷の夏にも、終戦の夏と変わらず蝉が鳴いている。

でもその蝉しぐれは、あの夏とは違う平和な世界で鳴き響いている。

そこに愛はあるのかい？

1990年代にフジテレビ系列で『ひとつ屋根の下』というドラマが放映されていた。江口洋介演じる「あんちゃん」の口癖「そこに愛はあるのかい？」は当時の流行語になった。

この台詞がふと心によぎる時がある。たとえば、子どもを叱る時。

「おまえは子どものことを思って叱っているのか。感情に任せて怒っているだけではないのか。そこに愛はあるのかい？」

そんなふうに、もう1人の自分が囁くのだ。

コーチングをされている方が以前ラジオでこんな話をしていた。

「部下が失敗した時、『何でそうしたんだ？』という聞き方には意味がない。そこには愛がない。今求められるのは理由ではなく再発防止だ。『何か事情があったんだよね？』と聞くのがいい」

昭和の時代に多くの教師に影響を与えた東井義雄さんという教育者がいる。東井先生の著書『母のいのち 子のいのち』（探究社）には「教育とは愛なのだ」と思わせるエピソードが集められている。

大阪の松原春海先生のクラスにとてもやんちゃな少年がいた。ある日、少年は松原先生がテストの採点用に使っていた赤インクをこっそり持ち出し、水道水で偽物のジュースやジャムを作って遊んでいた。そのうち洗っても落ちないほどに手が真っ赤になった。

帰宅すると、その手を見た母親は少年を問い詰めた。少年は思わず「先生の手伝いをしていた」と嘘をついた。さらに「先生は助かったと喜んでいた」と嘘の上塗りをしてしまった。

普段やんちゃな我が子が学校で先生の手伝いをし、役に立ったと知った母はとても喜んだ。

だが、その母の笑顔を見て少年は罪悪感に苛まれた。少年は、インクで遊んだのは自分だと告白する手紙を先生に書き、母に嘘をついたことにも正直に触れた。それに対し松原先生は少年にこんな返事を書いた。

「本当のことを言ってくれて嬉しいです。勇気を出して謝ってくれたことを先生はとても喜んでいます。今度お母さんに会ったら、けんちゃんが手伝ってくれてとても助かりましたと言いますね」

昭和の初期、熊本県の徳永康起先生のクラスに成績の悪い少年がいた。親からはいつも勉強ができる兄と比べられ、つらい思いをしていた。少年の鉛筆はいつも削られていなかった。徳永先生がそのことを少年に尋ねると、

「ナイフを買って欲しいと父に言ったが、勉強ができない奴はそんなものを買わなくてもいいと言われた」

と話した。

ある日、児童の1人が買ったばかりのナイフがないと徳永先生に訴えた。はっと思った先生は教室に誰もいない時間、こっそりあの少年の引き出しを覗いた。奥の方に新品のナイフがあった。

先生は慌てて自転車に乗り、金物屋で同じものを購入し、持ち主の児童の机の引き出しの奥の方にそれを忍ばせた。

その後、先生はナイフがないと訴えた児童に、

「キミは慌て者だからな。もう一度よく探しなさい」

と促した。ナイフはあった。児童は喜び、事なきを得た。ナイフを盗んだ少年は潤んだ目をして先生を見つめていた。

時が流れ、徳永先生のもとに19歳になったあの少年から手紙が届いた。それは戦地

から送られてきたものだった。

「明日僕は見事に戦死できると思います。その前に先生にお礼を申し上げたい。あの時、先生は何も言わないで僕を許してくださいました。死が直前に迫った今そのことを思い出し、お礼を申し上げます。ありがとうございました。お体を大切にしてください。そしてこれからも僕のような子どもをよろしくお願いします」

この話に対し東井先生は謙虚にこう綴っていた。

「教育というのはこういう先生たちのように深い愛がないと成り立つ仕事ではない。40年教育に携わってきた私にそれができていただろうか」

子育て中はやはり子どもに腹を立てることが多い。そんな時、「そこに愛はあるのかい？」という囁きを受け止めるため、6秒数えて一呼吸置き心を落ち着かせるのがいいそうだ。目の前に起きた行動を咎めるのではなく、やってしまった相手の見えない心に寄り添うのである。

見えないと言っても、「愛」という字はちゃんと「心を受け止める」という字に見えるではないか。

「ありがとう」という日本語にありがとう

黄昏、朧月、花筏、玉響、月時雨……、これらの言葉は聞いただけで詩の世界のような情景が色や音を伴って頭に浮かんでくる。情緒溢れる美しい日本語だ。

我々が普段よく口にする日本語の中にも美しい言葉がある。

以前、某テレビ局が「あなたが美しいと思う日本語は何ですか」というアンケート調査を行ったところ、1位に輝いたのは「ありがとう」だったそうだ。その英語訳は"Thank you"である。この2つの言葉、使う場面は同じでも由来は全然違う。英語では「あなたに感謝します」と、そのままだが、「ありがとう」の由来は「有り難し」、つまり「有ることが難しい」である。

仏教に「盲亀浮木」という逸話がある。目の見えない亀が百年に1度海の水面に顔を出す。その広大な海のどこかに、亀の頭が入るくらいの穴が開いた流木が浮いている。亀がその穴に顔を入れる確率は限りなくゼロに近い。だがゼロではない。

我々が今生きていることは「その有り得ないことが起こっている状態と同じだ」というたとえ話である。まさにこれが「有ることが難しいこと」、すなわち、有り難きこと、奇跡なのである。

また、「ありがとう」は魔法の言霊(ことだま)ともいわれている。「ありがとう」をいつも口にしていると運気が自分に向いてくるという。そんなことが書かれている本は数知れず存在する。

我々の周りは「有り難きこと」が溢れている。朝目を覚ます。住む家があり、着る服がある。家族が元気で、戦争のない国に住んでいる。それらは全て「有り難きこと」。歳を重ね、段々とそれが腑に落ちてきた。

そんな僕とは違い、幼い時にそれを心に落とし込んだ少年がいる。

朝日学生新聞社が小学生を対象に毎年開催している「いつもありがとう作文コンクール」。数年前に最優秀賞を受賞したのは6年生でも5年生でもなく、1年生の松橋一太くんだった。

ひとりっ子の彼は、お母さんからお腹に妹ができたと聞いてとても喜んだ。妹の名前を考えたり、ぬいぐるみでオムツ替えの練習をしたりしてわくわくする日々を過ごした。「ご飯を食べたり、テレビを見たり、公園で遊んだり……、今までずっと3人でやってきたことをこれからは4人でやるんだ」、そんなことを思いながら妹の誕生を楽しみにしていた。

ある日のこと。お母さんがトイレですごく落ち込んだ様子で泣いていた。状況はわからなかったが、彼はその時、何となく「これからも3人かもしれない」と思ったという。淋しくて、悲しくて、胸が張り裂けそうな気持ちを彼は言葉に出さずにぐっと堪えた。言葉にすると両親をさらに悲しませると思ったからだ。

病院の待合室でお母さんが出てくるのをお父さんと待つ一太くん。しばらくすると車椅子に乗ったお母さんが診察室から出てきた。一太くんがその車椅子を優しく押すと、お母さんは悲しそうな顔で歯を食いしばり一太くんの手を握り締めた。

数日後の暖かい春の日。一太くんの家族は初めて「4人」で出かけた。一太くんはそのことを「妹とバイバイするため」と書いている。納骨のために善光寺へ向かったのだった。

一太くんは妹に手を合わせながら、「僕の当たり前の毎日はありがとうの毎日なんだ。お父さんとお母さんがいることも、笑うことも食べることも話すことも、そんな当たり前だと思っていたことは全部ありがとうなんだ」と気付く。

僕が「ありがとう」の反対語は「当たり前」だと知ったのは大人になってからだった。しかも知識として知っただけだった。一太くんはそれを流産で消えた妹の命の儚さ、尊さを心で実感したのだ。作文は次のように締められている。

それをおしえてくれたのはいもうとです。
ぼくのいもうと、ありがとう。
おとうさん、おかあさん、ありがとう。
いきていること、ありがとう。
ぼくには、てんしのいもうとがいます。
だいじなだいじないもうとがいます。

今生きていることは有り得ないことなのだということを、僕は改めて一太くんに教わった。
そして「有り難し」を「感謝」という意味を持つ「ありがとう」という日本語にした先人の崇高な感性に感謝したい。

そしてまた、東北にも春がやってくる

枕草子の冒頭は日本人なら誰しも聞いたことがあるだろう。中学生や高校生の時に暗記した人も多いと思う。「春はあけぼの……」から始まるその冒頭部分は、春の到来の喜びと、その季節が持つやわらかい瑞々しさを、夜明けの色合いの移り変わりに掛け合わせて表現している。

毎年、春はやってくる。春は南からゆっくりと到来を告げる。ツクシの芽吹きや桜の開花。自然に優しい色を塗るように明るい笑顔でやってくる。

あの年の春、そんな心持ちで季節の移り変わりを想っていた矢先に震災が起こった。あの時僕は、前職の会社の事務所にいた。2階にいたためよく揺れた。愛知県は「よく揺れたなあ」と思う程度のことではあったが、揺れている時間が長かった。

「きっと今日本のどこかで大変なことが起きている」とわかった。僕たちはすぐインターネットで情報を集めた。強い揺れが起きたのは東北方面だと知った。まさか数十分後に津波が街を飲み込みにくるとは、その時はまだ予想だにしていなかった。

津波の被害状況はすぐに知れ渡った。1日も早い救助と復興を誰しもが願った。そ

の思いは国境を越え、アメリカ軍は「トモダチ作戦」と称し、約70億円を拠出して復興支援活動を展開した。台湾をはじめ世界中の国々から多額の義援金も届けられた。

僕がその時勤めていた会社は水道工事会社だった。インフラに関わる事業所なので、被災地での復興支援ができる技能を有していた。震災の日から数日後、国からの支援要請が地方の関係機関を通して各事業所へ伝えられた。うちへ来た要請は、作業員を指揮できる現場監督1人の派遣だった。

僕が手を挙げられれば話は早いのだが、僕は営業社員だったため、残念ながらその要請に対応できるスキルを持っていなかった。社長室に呼ばれた僕は「誰を選出したらいいか」と問われた。期間はゴールデンウィークを含む3週間ほど。1人の監督が数週間も不在になるのは、こちらもそれに耐え得る体力が必要になる。「どうせ大変になるのなら経験豊富な沖井さん（仮名）の選出がやはり復興にとって一番妥当ではないか」と判断した。社長も同じ考えだった。ただ1つ問題があった。沖井さんはクセが強い。理由を付けて断る可能性が高い。素直に行くことはないだろう。

僕が自分の机に戻ると、次に沖井さんが社長室に入っていくのが見えた。だが沖井さんはすぐに出てきた。

その姿を見てあっけなく断ったことがわかった。僕は軽い怒りすら覚えた。再度内線で呼ばれた僕は、次の人選はどうしようかと思いながら社長室の扉をノックした。

中に入った途端に社長がこう言った。

「沖井さん、行ってくれるって」

それを聞いて僕はただ驚いた。

「どんなふうに説得したんですか？」

と聞くと、

「それが説得してないんだ。『沖井さんに行ってもらいたいと思ってる』と伝えたら、『えっ、僕ですか？僕なんかでいいんですか？もちろん行かせてもらいます』だって。肩透かしだった」

と言って社長は微笑んだ。

温かいものが込み上げてきて、下を向いた僕は顔が上げられなくなってしまった。

その後、僕は当時50代半ばの小柄な沖井さんのところに行き、

「沖井さん、ありがとう！」

と言って抱きついた。沖井さんは気持ち悪そうな顔をしてトラックの運転席に走って逃げていった。

派遣期間が終わり、宮城県石巻市で支援活動をしていた沖井さんが帰ってきた。きっ

とあちこちで折れてしまった地中の上下水道管の復旧が活動のメインだろうと思っていたが、その辺りの暫定的な復旧はすでに終わっていたそうだ。沖井さんのグループは仮設住宅の建設に伴う給排水工事を担当したとのことだった。写真もたくさん見せてもらった。配管工事をメインにした工程ごとの現場写真だったが、時折、石巻市の惨状を写したものもあった。

自衛隊員と現地の小学生が笑顔で話す写真も紛れ込んでいて、胸が熱くなった。

慰労会の席が開かれ、その冒頭で沖井さんが被災地の現状を話してくれた。明るい話は何もなかったが、口下手な彼はこんな言葉で締めくくった。

「でもね、帰ってくる時に最後に見た石巻の空は綺麗でした。東北の空は青く輝いていました」

世界中の人々の援助、そして祈り、多くの人たちが被災者と共に流した汗と涙。みんなで耐え忍んだ。

あれから10数年。今でも地元紙では震災関連の記事が紙面を割くことが多いという。震災はまだ「続いている」のだ。だが、それでも確実に前に進んでいる。

そんな東北にまた春がやって来る。あの日と違う春が、新しいページをめくりにまたやってくる。

環境の変化は人をまた大きくする

4月になると環境が大きく変わる人は多い。学校を卒業し就職する人。異動によって職場が変わる人。4月はそんな季節だ。慣れていない環境に身を置くと、心身ともに疲れが出る。だが環境の変化は成長するための大切な要素でもある。

社会的な立場の変化だけでなく、たとえば突然、「病人」という立場になり、普段はあまり意識していなかった健康への有り難みを改めて実感したことがある人は多いのではないだろうか。いつもとは違う状況を体験することは何がしかの気付きがある。

ホスピス財団理事長の柏木哲夫さんは医師である。数年前、柏木さんは肺炎を患い自分の病院に入院することになった。医師から患者の立場になり初めて気付いたことがあったと言う。それは、医療従事者と患者との距離の大切さである。僕はその「距離」とは心の距離かと思ったが、物理的な距離のことだった。

ベッドで寝ていた柏木さんのもとに若い看護師がやってきた。距離がとても近かった。柏木さんは彼女との距離に何か息苦しさを感じたと言う。「少し離れてくれませんか」と言いたかったが、気を悪くするのではないかと思うと言えなかった。柏木さんは若い看護師の生命力がその時の自分には強過ぎたのではないかと言う。僕が想像するに、悲しい気分の時に軽快な音楽を大音響で聴かされたような感じだったのではないだろうか。その経験以来、柏木さんは患者との距離に気を遣うようになったそうだ。患者の立場を経験したことによって、少し患者の気持ちを理解した柏木さん。

永六輔さんが生前にラジオでこんな話をしていた。映画評論家の淀川長治さんの見舞いに病院へ行った時の話である。病室の前に行くと、「このドアを開ける人は、笑って開けてください」と貼り紙がしてあったそうだ。永さんが満面の笑みを浮かべて中に入ると、淀川さんに、

「あんたはそんなに笑わなくていいよ」

と逆に笑われたそうだ。その貼り紙は看護師に向けて書かれたものだった。淀川さん曰く、

「看護師はとても忙しい。顔つきがとても険しいんだ。それは仕方ない。でも患者のほうまで気が沈んでしまうんだ。もしかしたら自分の病状が悪くてこんな顔をしているのではないかと勘繰ってしまう。だからいつも笑顔で部屋に入ってきてほしくてあの紙を貼ったんだよ」

とのこと。

永さんが帰りにナースセンターに寄ると看護師長が、「あの貼り紙が貼られてから、うちの看護師たちは淀川先生の部屋以外でもよく笑うようになったんですよ」と嬉しそうな顔で言ったそうだ。

患者という立場を経験し、そこでの気付きをうまく生かして周りの雰囲気を変えた淀川さん。変化は自分だけでなく、周りの人々も良き方向に導くこともあるようだ。

立場や状況の変化は、やはり自分の成長には欠かせない。自分の前向きな姿勢や向上心次第で、不慣れな環境を慣れた環境にするまでのスピードが変わってくる。

「変化」といえば日本には四季がある。目くるめく季節のある国に住んでいると、自然の変化を楽しめ、情緒を深く味わえる。だが言い換えれば古来から日本人はその変化に対応する工夫をしてこなければならなかった。

僕がまだ水道工事店の営業社員をしていた頃、外国人研修生の面接でフィリピンに飛んだことがある。

すでに僕は㈱宮崎中央新聞社の特派員もしていたので、マニラ在住の日本講演新聞の読者を集めて日本料理店で食事をした。当時マニラ日本人学校の教頭をされていた百瀬幸徳さん（現千葉市立磯辺中学校校長）がその時に興味深いことを話されていた。

「四季がある日本は素晴らしいと思います。でも四季がないというのも実は少し気持ち的に楽なところもあるんです。今まで季節が変わる度に無意識に心と頭を使っていたことを常夏の国に来て気付きました」

そう言われてはっとした。この国の四季の変化が、日本の発展をもたらした重要な要因なのではないだろうか、そう思った。

不慣れな環境に置かれても、予期せぬ状況がやってきても、我々日本人はきっとそれに打ち勝つ遺伝子を持っているのだ。

四季のある日本。その季節の移り変わりの中で我々は情緒が養われただけではなく、きっと強さも身に付けているのではないかと思う。

暗がりで光を探し求めるように

コロナで学校が臨時休校になったあの頃、軽トラックの助手席に子どもが乗っている光景を何度か目にした。低学年の子どもの面倒を見てくれる人がおらず、邪魔にならない範囲で父親の仕事に付いてきたのではないかと思われた。

あるタレントがあの当時こんな発言をしていた。

「コロナがもたらしたプラスの面があるとすれば、家族間の会話が増えたことじゃないですか」

冒頭の光景もある意味、その「プラスの面」として捉えられなくもない気がする。働く親の姿を子どもに見せることができる職業は少ないが、可能ならそれは素晴らしいことだ。

昭和40年代まで、田植えと稲刈りの繁忙期には家が農家であるかないかにかかわらず、学校を臨時休校にする地域が多かった。子どもたちが農作業を手伝うためである。平成初期までその慣習が残っていた地方や、その名残りを今でも留める地域もあるそうだ。

僕の母は子どもの頃にその経験があると言う。その時のことを思い出しながら、「学校に行っているほうがよほど楽だった」

と話していた。そういう手伝いほど親の仕事の大変さを理解するのに効果のあるものはないだろう。

僕は今、学校でよく講演をするが、「働く意味」をテーマに講演依頼を受けることが多い。いわゆる「キャリア教育」である。お金を稼ぐこと以外に働く意味を見出していない生徒が少なくないそうだ。

振り返れば僕も中学生の時は、お金を得ること以外に働く意味なんて考えたこともなかった。定年退職した後に悠々自適に暮らせる貯蓄があるにもかかわらずボランティア活動をして汗を流す人や、高額の報酬を放棄して過疎地や発展途上国に出向いて医療を続ける医師がいる。彼らの行動の意味を生徒に問い掛けると、「仕事を通して世の中の役に立ちたい」という想いが理解でき、お金を稼ぐこと以外の働く目的を考え出す。

今は亡き僕の父は、中学校を出てずっと工場で働いていた。

僕は仕事をしている父を見たことがない。ただ一度だけ、父がフォークリフトを思いのままに操って作業をするところを見たことがある。うちの近所の小さな工場で何か荷崩れのようなトラブルがあり、隣接する道路にも段ボールに入った荷物が散らばった。土曜日だったためか、工場にフォークリフトを操作できる人がいなかったようだ。たまたま家の庭にいた父がその様子を目にし、

「俺の出番だ」

と言って勝手に作業着を着て張り切って手伝いに行ったのだった。

フォークリフトを巧みに操り荷物をどんどん片付けていった。普通自動車免許すら持っていない父だったので、その姿は僕にはとても物珍しかった。と同時にとても誇らしかった。

後日、そこの会社の社長(僕にとっては近所のおじさんであり、友だちのお父さん)が菓子折りを持ってお礼に来た。そのカステラのおいしさは今でも忘れられない。

株式会社タニサケの会長・松岡浩さんが書いた小冊子『一流の日本人をめざして』にこんな話が載っている。

休みの日には昼間から焼酎を飲んでいるだけの父親。母親に、

「掃除の邪魔、粗大ごみ」

と言われても、

「うまいこと言うなぁ」

と受け流し、怒ろうともせずゲラゲラ笑う父である。息子はそんな父を不甲斐ないと思っていた。軽蔑していた。友人の父親がみんな立派に見え、羨ましく思えて涙を流したこともあったと書いてあった。僕は少し共感できるところがあった。

ある日、彼は偶然仕事をしている父の姿を見る。高層ビルの建設現場だった。8階の最高層辺りで命綱を着けていた。遠くに見える父が偉大に見え、彼はその場に立ちすくんだ。

「あの飲み助の親父があんな危険なところで働いている。体を張って僕を育ててくれている」。そう思った息子の目から涙が溢れた。息子は「あの父の子どもであることを誇りに思い生きていこう」と誓ったという話だった。

コロナで、冒頭の例のように働くことの尊さを図らずも子どもに見せる機会ができた人がいる。在宅ワークもそうである。やはりコロナがもたらしたプラスの面と捉えたい。

世の中が暗い時こそ明るい話題を探して心を前向きにしたいものだ。暗がりで光を探し求めるように、それが自然なことなのだと思う。

そんな人が増えていけば世の中も自然に前向きになる。

コロナの次に世界に広がってほしいもの

数年前、ＮＨＫの『こころの時代』という番組で、静岡県島田市にあるレシャード医院の院長、レシャード・カレッドさんの半生と彼の生き様が取り上げられていた。

カレッドさんはアフガニスタンから留学生として来日した。京都大学医学部を卒業後、現在は医師として日本で医療に従事している。コロナが世間を騒がせ始めた頃、ふいに彼のことを思い出した。マスコミから「医療従事者」という言葉をよく耳にするようになったからだ。

カレッドさんは医師、看護師、病院スタッフなどのいわゆる「医療従事者」をまとめて昔から「医療人」と呼んでいる。彼は言う。

「患者を回復させるのに必要な医師の力は3分の1くらいです。看護師もスタッフもみんな患者のために頑張ってくれている。彼らの力なくして医療は成り立ちません」

カレッドさんは来日直後、大学が用意した留学生専用の宿舎に住んでいた。いろんな国の人がいたが、共通語は英語。日本語の習得はもちろん、日本の生活習慣や文化を肌で感じたいと思っていた彼には物足りない環境だった。そこで新聞の3行広告で下宿先を探した。見つけたのは賄い付きの老夫婦の家だった。

最初の月末の時、下宿代を渡そうとすると老夫婦は受け取ってくれない。それはこんな理由からだった。

そのカレッドさん若き日からさらに遡ること20数年前、老夫婦は満州で終戦を迎えた。彼らが住んでいた村では日本人への迫害が始まった。そんな渦中、一人暮らしの中国人のおばあさんが地下室に夫婦を匿ってくれた。さらに、荷物の下に彼らを隠して日本行きの船にまで乗せてくれた。だが帰国後、夫婦はおばあさんと連絡が取れなくなってしまった。

「もしかしたら日本人を匿っていたことが当局にばれて捕まったのかもしれない」

そんな不安と申し訳なさが毎日襲ってきたそうだ。

そしてカレッドさんに言った。

「その時の恩送りをあなたにしているのです。お金など要りません」

カレッドさんは「恩送り」という日本語を初めて知った。そしてその老夫婦の「恩送り」という考えが、その後のカレッドさんの人生の指針となった。彼は祖国に帰らず、日本で医者として生きていくことで恩送りをすることを決めた。

島田市民病院で8年間勤務した後、イエメンで2年間医療活動をし、その後は島根県の赤十字病院に勤務していた。そんなある日、その病院にかつてカレッドさんが島田市で診ていた患者とその家族がバスを連ねてやってきた。カレッドさんに「島田市に帰ってきてほしい」と懇願に来たのである。

カレッドさんはこう思った。

「私に求められているのは大きな病院に勤務する1人の医師の姿ではない。もっと患者の近くに寄り添う医師の姿だ」

カレッドさんは島田市での開業を決意した。場所は子どもの声や近所の家からご飯の匂いが漂ってくるような街なかにした。

しかし、カレッドさんの心にはいつも祖国への想いもあった。そのことを知った患者や市民がボランティア団体を立ち上げ、彼の故郷のアフガニスタンに無料で診察を受けられる病院を設立した。

そんな人望厚いカレッドさんの好きな日本語が「手当て」だと言う。

「手当てには何の技術も要らない。ただ手を当てるだけで、赤ちゃんは泣き止み、病人は安らぎ、悲しい人は慰められる。医療の根本は手当て、寄り添うことです」

コロナ禍の2020年の夏、献血者が不足しているというニュースを目にした。早速、僕は豊橋献血センターに行った。驚いた。大勢の献血者で溢れていたのだ。職員

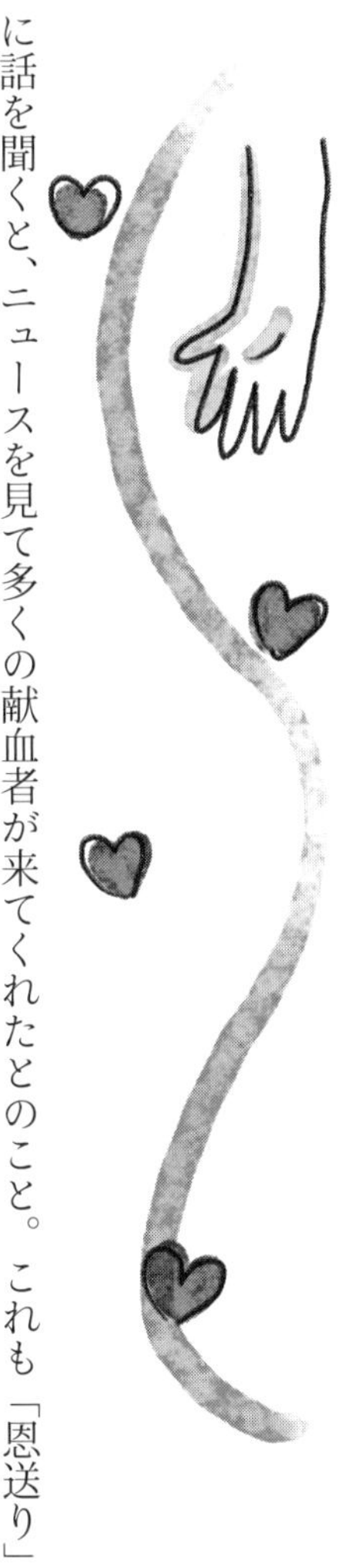

に話を聞くと、ニュースを見て多くの献血者が来てくれたとのこと。これも「恩送り」なのだろうと思った。温かい心を見た気がした。

海援隊の『贈る言葉』に、

「人は悲しみが多いほど人には優しくできるのだから」

という歌詞がある。献血センターの待合室はまさに人の優しさが溢れ出ている光景に見えた。

コロナは世界中に感染拡大した。その後を追うように「恩送り」という人の優しさが広がってコロナウイルスを包み込んでしまうといいなと思う。

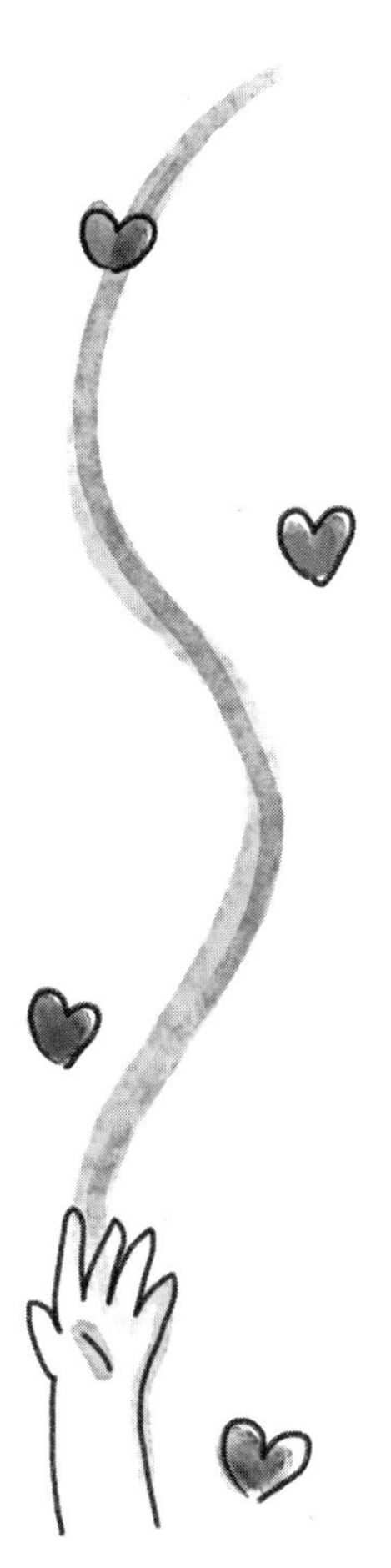

「勝ちっぷり」「負けっぷり」その美しさ

８月が来ると、今の日本の平和を築いた先人たちに手を合わせたくなる。蝉の声を聞きながら遠い日本の夏に想いを馳せると、先人たちに感謝の念が湧く。

沖縄を訪問した時、現地のガイドさんに少し淋しいことを聞いた。

修学旅行で沖縄を訪れる学校のうち、ひめゆりの塔をはじめ戦跡を旅行コースから外す学校が年々増えているそうだ。若い先生ほどそういった傾向があるのだとか。僕が中学生の時、社会科の先生から「歴史を学ぶ意味は未来に生かすためだ」と教わった。先人たちの想いを胸に、歴史から謙虚に平和を学ぶ姿勢は忘れずにいたい。

そもそも日本人は謙虚さを尊ぶ国民性がある。かつて甲子園で優勝して大喜びする選手に、

「そのくらいでやめておけ。それ以上は相手に失礼だ」

と選手をたしなめた名監督がいたのを記憶している。この精神は武道に通じる。

日本の国技・大相撲で、勝利後にガッツポーズをする力士はいない。戦前に活躍した大横綱・双葉山の「勝ちっぷり」は見事だったと伝えられる。土俵に転がる相手力

士に手を差し伸べて起こしたり、日頃の稽古場でも慢心する様子は見られなかったという。勝ち星を上げた後も寡黙に土俵を去る武士のような姿に観客は魅了された。未だに破られていない69連勝の記録を持つが、ある日、70連勝ならずについに敗れた。その日も連勝中と全く変わらずに場内のざわめきの中、土俵に一礼して東の花道を下っていったそうだ。見事な「負けっぷり」である。

大した経歴ではないので決して自慢はできないのだが、僕は中学高校の6年間弓道をしていた。高校3年生になると、的に当たる当たらないは試合に勝つためには重要だが、弓道そのものを窮(きわ)めていく上ではさほど重要ではないということに気付いた。心の在り方が「弓の道」を行くことなのだと。そこに気付くとなぜか的に当たり出すから不思議だ。

武士道からくる倫理や規範の心がこの国には随所に見られる。例えば災害後に食料品等の配給にきちんと列を成して並ぶ日本人の姿も、ある意味武士道に由来するものではないかと思う。

「負けっぷり」に関して、株式会社タニサケの社内報に以前興味深い記事が載っていた。明治時代末期に開かれた長野県のある小学校の運動会の出来事である。

6年生の篠崎少年は騎馬戦で白組の大将になった。終了の合図があった時、白組はわずかな騎馬隊が残っているだけだった。紅組の勝ちは明らかである。それぞれの大将が陣地へと戻るその時だった。意気揚々と引き揚げる紅組の大将に篠崎少年が乗った騎馬は向かっていった。そして後ろから大将の帽子を奪い取ったのである。もちろん戦いが終了してからの行為なのでそれは無効である。だが観客は無邪気なその行為に盛り上がった。運動場は笑いと拍手喝采に包まれた。

その時だった。観衆の中から粗末な着物を着た女性が飛び出してきて篠崎少年を騎馬から引きずり下ろした。そして彼に向かってこう叫んだ。

「おまえのその負け方はなんだ！　負けたことを咎めているのではない。その負け方は男らしくない」

それは彼の母親だった。彼女の目から涙が流れていた。

それから40年後、日本は戦争に負けた。鹿児島県の知覧の航空隊には特攻の覚悟を持ったまま終戦を迎えた兵士が多くいた。彼らの中には上陸してきた進駐軍に一矢報いる決意をしていた者も少なくなかったという。そんな中、ある航空隊は潔く武装解除をし、整然と進駐軍を迎えた。司令官が部下をなだめ見事な「負けっぷり」を披露したのである。

その司令官が大人になったあの篠崎少年だった。

やがて復員した篠崎元司令官は、故郷へ帰ると真っ先に母の墓前に足を運んだ。

「お母さん、私の負け方を見ていてくれましたか。教えの通りにいたしましたよ」

遠い日の母の教えを守ったことを報告したのだった。

見事な「勝ちっぷり」と「負けっぷり」。それは勝った時、負けた時の「在り方」、「心の姿勢」だろう。

武道などの勝負事の場面だけではなく、「日常道」においても先人から伝わるその尊い精神を大切にしていきたいものである。

そっと寄り添う共感の温かさ

好きな日本語はたくさんあるが、動詞に限っていえば「寄り添う」という言葉が好きだ。外国語に訳すのが難しい日本語の1つだろう。「ぴったりと側にいる」という物理的な使い方よりも、「あのつらい日々に先生が僕に寄り添ってくれた」のように、心の空間を共にする意味で使われる場合が多い。

先日、岐阜県にある飛驒千光寺の大下大圓(だいえん)住職の話を聴く機会があった。大圓和尚は臨床僧侶としても活動をされている方である。臨床僧侶とは緩和ケアをするお坊さんのことで、終末期の患者の不安を和らげ、安らかな最期を迎えられるように寄り添う活動をする。

50歳でがんが再発し、抗がん剤治療をしていた小林さん(仮名)の話が印象に残った。彼は苦しい抗がん剤治療をやめ、在宅で最期を迎えることを希望した。

当時まだ40代半ばだった大圓和尚は、仏教の話をすることが彼に寄り添うことではないと思い、こう言った。

「これからどんどん身体が弱っていきます。今のうちにしておきたいことは何ですか」

小林さんは、「雪山に登り、真っ白な雪の中で妻が作った温かいうどんが食べたい」と言った。

そして3人は西穂高岳に登った。そして登山途中に山荘のストーブで奥さんがうどんを作り、あえて外の雪の中でみんなで食べた。大圓和尚の寄り添い方にうどんの温かさが僕の心にも伝わってきた。

大圓和尚は残された家族にも寄り添う。小林さんの死後、奥さんの京子さん（仮名）はあまり人と会わなくなり、無気力になりつつあった。そんな中、檀家たちと笠ヶ岳に登ることになった大圓和尚は、京子さんもその登山に誘った。悲しみ続けているならいつかは笑える日が来る。でもその時の京子さんは「悲しい」という感情を心の奥に押し殺しているように感じたのだ。

絶景の山頂に到着すると、大圓和尚は住職らしく般若心経を唱え始めた。京子さんも隣で一緒に唱えた。すると抑え込まれていた彼女の感情が急に心から溢れ出し、涙が止めどなく流れた。やがてそれは号泣に変わり、彼女は山頂から絶叫した。

「会いたい！あなたに会いたい！」

と何度も叫んだ。その時から京子さんは何かが吹っ切れ、すっきりした気持ちになったと言う。

それから20年余り。京子さんがよく首に巻いているスカーフは、小林さんがお気に入りだったネクタイをほどいて作り直したもの。

「向こうの世界で夫に会うのが楽しみです。きっと褒めてくれます」

と笑顔で話しているそうだ。

僕も人は死んでも魂は残ると強く感じる。死はあの世へ帰るだけのこと。

臨床僧侶という言葉を僕が知ったのは、数年前に日本講演新聞に掲載された善福寺住職の長倉伯博（のりひろ）さんの記事である。長倉さんもこう言う。

「宗教に関係なく、死んだからといって、その人はいなくなるわけではない。また会える世界がある」

長倉さんは胃がん末期の30代の女性にかかわったことがあった。彼女には小学2年生の娘がいた。ある日その子が長倉さんに泣きながらこう聞いた。

「人は死んだら終わりだという人がいた。お母さんは死んだら終わりなの？」

長倉さんはかぐや姫の話をした。

「かぐや姫は月に帰っただけ。月からこっちを見ているんだよ。お母さんも月に帰る日が近づいているんだよ」

女の子はお母さんの所に行き、

「月に帰るまでたくさんお話ししようね」

と言い、その日は病院に泊まった。母の胸に抱かれたのはその夜が最後になった。

お母さんが亡くなった後、その子がお寺に遊びにやってきた。今度はこんな質問をしてきたと言う。

「お母さんは月に帰ったって言ったでしょ。でもうちに来たお坊さんは『お母さんは極楽に行った』って言った。隣のおじちゃんは『天国に行った』って言うし、お姉ちゃんは『お星さまになった』って言ったの。本当はどこへ行ったの？」

長倉さんは答えに困ってしまったが、彼女はすかさず自分の胸を叩いてこう言った。

「でも大丈夫。お母さん、ここにいるもん！」

医療の根本は「手当て」だとある医者が言った。手を当てられるだけで赤ちゃんは泣き止み、人は癒されると。「手当て」の更なる根っこは「寄り添う心」ではないだろうか。共感力の高い人からは包み込むような柔らかな温かみが、どことなく醸し出されている。そしてその温かな波は、ポカポカした心の持ち主を周りに引き寄せ、その人自身を幸福の次元へと導いていくのだ。

そんな人たちから出ている温かい波動。僕はこれからもその波動のような温かい文章を書いていこうと思う。

見られてる　あなたの働く姿　光る汗

毎年いろいろな機関が「子どものなりたい職業ランキング」を発表している。昭和の頃からスポーツ選手はあこがれの的で、常に上位にランクインする。漫画家やパイロットの人気も昔から高い。ここ数年は「ユーチューバー」がトップに上がっているものもよく目にするようになった。

そんな中、数年前に発表された「第一生命『大人になったらなりたいもの』アンケート」の結果を見て驚いた。中高生のトップが男女ともに「会社員」だったからである。「コロナのためにリモートワークが増えたことで、両親の働く姿を目にしたことが上位ランキングに上がった理由ではないか」との見解も示されていた。それを読んで何だか嬉しくなった。親の仕事に子どもが誇りを持ったということだろう。

僕は小中学校、高校などから講演を依頼されることが多いが、キャリア教育をテーマに呼ばれることが一番多い。

「世の中に必要なくなった仕事は淘汰されて消えていく。ユーチューバーのように需要が生まれて新たに誕生する職業もある。今ある仕事は今必要だから存在している。

だからどんな職業でも働くことで人は皆、社会のために輝ける」

いつもそんな話をする。わかりやすい話として紹介するのがパナソニックの創業者・松下幸之助さんの話だ。

ある日、松下さんは自分の工場でつまらなそうに電球を磨いている社員に向かって言った。

「ええ仕事してるなあ」

それを聞き、きょとんとしている社員に松下さんは続けて言った。

「君たちのおかげで、子どもたちは夜遅くまで勉強できるんやで。君たちのおかげで女の人は暗い夜道を安心して歩けるんやで。君たちがしてるのは人々の生活を豊かにする仕事や」

それが仕事の本質というものだろう。どんな仕事にも意味があり、必ず人のために役立っている。なので働くことで人から「ありがとう」という嬉しい言葉を掛けてもらえるのだ。

先日、全日空の元客室乗務員・三枝理枝子著『空の上で本当にあった心温まる物語2』（あさ出版）でこんな話を知った。

中年の男性Aさんは、八丈島から羽田に向かう小さなプロペラ機に乗っていた。機内でAさんは首のペンダントを外して汗を拭っていた。その時、機体が大きく揺れ、持っていたペンダントを座席の間に落としてしまった。どれだけ探しても見つからない。心配そうにやってきた客室乗務員に事情を話したところ、隣の座席の年配の人や、後ろの座席の若者も一緒になって探してくれた。だが、たった今落としたものがなぜか見つからない。焦っているAさんに客室乗務員は、

「到着してから必ず探すのでご安心ください」

と言ってくれた。Aさんは周りの方々にお礼を言い、羽田到着を静かに待っていたが心は落ち着かない。到着後、乗客全員が降りた後に数人の整備士が速やかに乗り込んできた。機内から連絡を受けていたのだろう。整備士たちは座席の下を隈なく探し始めた。しかし見つからない……。

「動かすしかないな」

整備士のリーダーがそう言った。そこから狭い機内で座席の分解作業が始まった。大事になってしまったが、Aさんは「もう結構です」の一言が言えなかった。そのペンダントはとても大切な物だったのだ。座席を外すとペンダントはすぐ見つかった。若い整備士が傷が付かないように丁寧に取り出し、

「壊れてませんか」と心配そうに渡してくれた。Aさんはお礼を言おうとしたが、涙

が溢れて言葉にならなかった。

大の大人がそこまで泣くには事情があった。そのペンダントは1年前に事故で亡くなった息子の形見だったのだ。大学の卒業旅行で訪れた八丈島で事故に遭い、命を落とした息子。気持ちの整理を付けるため、Aさんは1人で島を訪れた。これはその帰りの出来事だったのだ。だが心の整理など付くはずはなかった。

息子は自動車の整備士として就職が決まっていた。生きていればペンダントを探してくれた整備士と同じように、つなぎの作業着を着て働いているはずだった。若い整備士の姿が眩しかった。

「そんな姿を見せるために息子が引き合わせてくれたのではないだろうか」とAさんは思ったという。

「また是非ご搭乗ください。しっかり整備してお待ちしております！」

事情を聞いた若い整備士はそう言った。その姿が息子と重なり、その時にAさんは「区切り」を付けることができたそうである。

「働く」とは「傍(はた)を楽にすること」という。でもその「楽」は体だけではなく、人の心まで「楽」にすることができることもあるのだと知った。

未来の大人たちは、働く大人のそんな姿を案外見ているものである。

歳月が隠してきた葉書の中の愛

僕の父が亡くなったのはもう十数年前のことである。父は自分の父（僕にとって祖父）の話をすることはほとんどなかった。

祖父は終戦からわずか数年後、父が小学生の時に40代の若さで亡くなったそうだ。今僕はその歳を越え、「祖父はどんな人だったのだろう？」とふと考えることがある。人はどうも歳を重ねると自分のルーツを探りたくなるものらしい。

「ご先祖を時々思い起こすことは供養にもなるんです」

家系図株式会社を経営する知り合いの山﨑博之さんは言う。

京都産業大学名誉教授の所功さんは戦争で父を亡くした。生後半年頃のことなので父の記憶はない。中学生の時にふと会ったことのない父に思いを馳せたそうだ。そして父が亡くなった年齢と同じ30歳になった時、戦死したソロモン諸島で自らの手で遺骨を拾い上げたとのこと。それが偶然亡くなった日と同じ日の、ほぼ同時刻だったという。

『探偵！ナイトスクープ』（朝日放送テレビ）という番組がある。視聴者からのあらゆる相談を解決していくバラエティ番組だ。若干ふざけたような相談から真面目な相談まで幅広く取り上げる。その番組で以前、視聴者からこんな相談が寄せられた。

「私が母の胎内にいた時に父はレイテ島で戦死しました。しかし父は母のお腹に私がいたことを知っていたのかわかりません。私の存在を知っていたのか確かめたい」

手がかりは、依頼者が母親の遺品を整理していた時に見つけた父からの葉書だった。そこには「身重であるお前」と書かれているように見える部分があるのだが、なにせボロボロなので確信が持てないとのこと。その判読を番組に依頼してきたのである。

スタッフはまず拡大コピーを試みた。しかし全く読めなかった。「身重」の「重」が「実」のようにも見える。

次にデジタルメディア系の専門学校に持ち込み、画像処理で判読を試みようとするも、葉書の文字の肝心な部分に皺があり読み取れなかった。

最後の望みを懸けてスタッフが見つけたのが古文書を解読する「奈良文化財研究所」だった。葉書をそこへ持ち込んだが、あまりの傷み具合に研究員たちは及び腰だった。

だがその中の1人が葉書はインクではなく鉛筆で書かれていることに気付いた。時間はかかったが、赤外線で炭素を反応させることに成功し、見事にほぼ全文の判読を可能にしたのである。以下がレイテ島からのその手紙である。

「……お前は大阪にゐる時から出征したらどこかに働きに行くと言つてゐたが、それは許さんぞ。どんなことがあつても身重であるお前が働きに行くことは許可せん。兎角お互いが元気で会う日迄元気よく日々をすごそうではないか。また帰れば新婚のような気持ちで日を送ろう……」

そして最後にいくつか歌が詠まれていた。

『酔ふ心　君に訴ふ事ばかり　ただに言へない　吾胸の内』

『頼むぞと　親兄姉に求めしが　心引かるゝ　妊娠の妻』

『駅頭で　万歳叫ぶ君の声　胸に残らむ　昨夜も今朝も』

間違いなく「身重」の文字がそこにあった。さらに全く読めなかった最後の歌の中にも「妊娠の妻」という文言があることまで判明した。

「やっぱり……、わかっていてくれたんですね……」

そう言って依頼者の男性はメガネを取って涙を拭った。

判読を成功させた若い研究所員もそれを見て一緒に涙を流していた。

連綿と続く祖先からの系譜の最後に自分と子どもがいる。それは愛の系譜以外のなにものでもない。

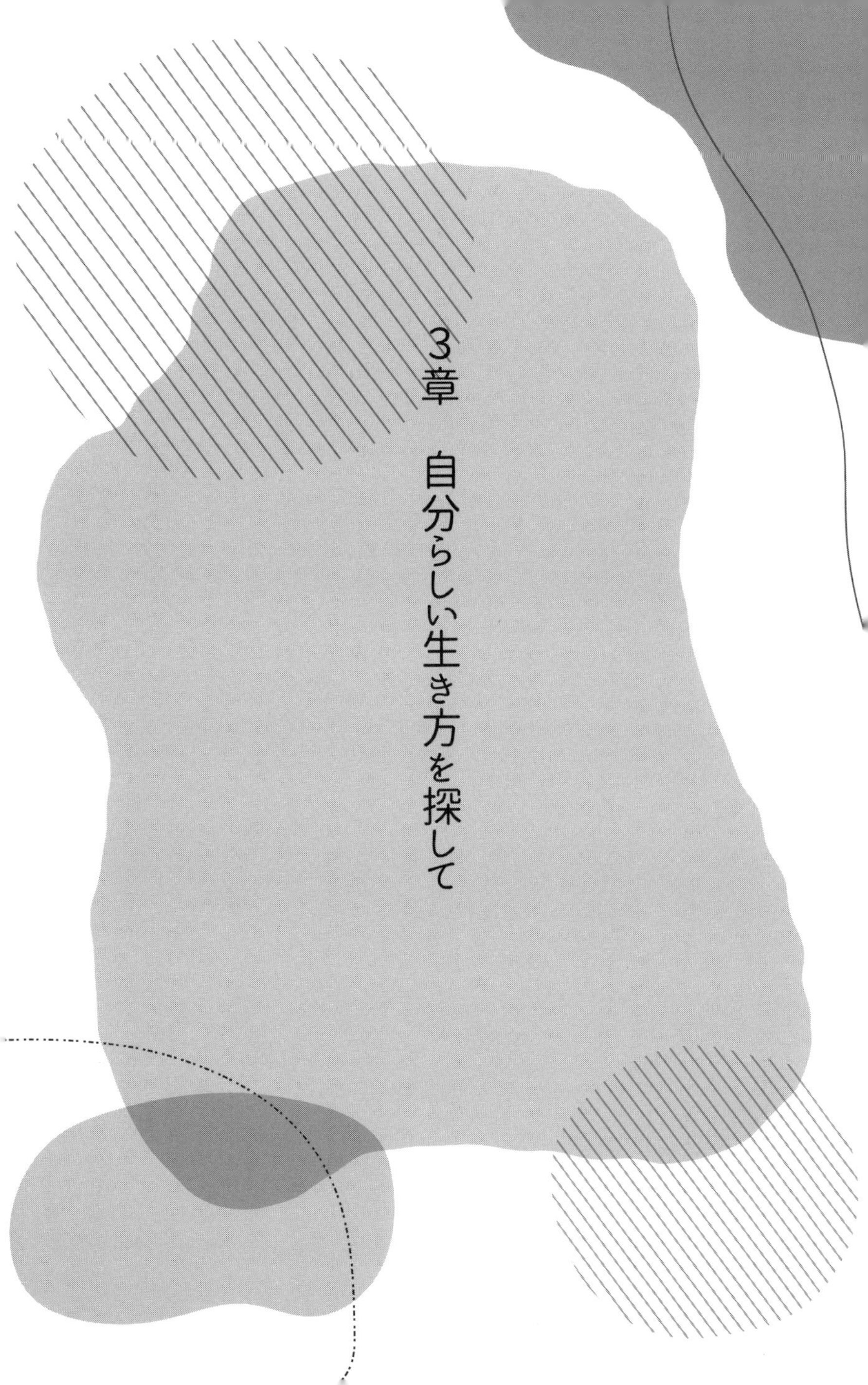

3章　自分らしい生き方を探して

雪が降ってきた東京の夕暮れ

昭和40年代のプロ野球はジャイアンツが全盛を誇っていた。V9を達成したあの時代である。しかし昭和46年の日本シリーズの戦前の予想は、パ・リーグの覇者・阪急ブレーブスを推す声が高かったそうだ。阪急のエース・山田久志の好調もその理由の1つに挙げられていた。

数年前、山田さんがテレビ番組「サンデードラゴンズ」（CBCテレビ）でこんな話をしていた。山田さんの母親は全くの野球音痴だったそうだ。息子がプロ野球チームのエース投手でありながら、一度も球場に足を運んだことがなかったと言う。

「母ちゃん、一度球場に来てくれ！ 俺があの王貞治をピシャッと抑える姿を見に来て欲しい」

1勝1敗で迎えたシリーズ第3戦に山田さんの母は初めて球場に足を運んだ。秋田県から東京の後楽園球場までやってきたのである。巨人ファンで埋まるスタンドでルールもわからず息子の奮闘する姿を見守っていた。試合は阪急が1対0でリードしたまま9回裏を迎えた。2アウトでランナーを2人置いてバッターは王貞治である。

「ここを抑えれば勝てる！」

そう思って投げた3球目のストレート。その球を王のバットは芯で捉え打球は右翼席へと運ばれた。マウンドでがっくりして立ち上がれないエース山田。巨人のサヨナラ勝ちに大騒ぎのスタンドの中、母はマウンドに佇む息子を見つめていた。ルールはわからなくとも息子が今悲劇のヒーローとなっていることは母にも理解できた。

だがこの経験が山田さんを大きく成長させ、翌年に20勝の勝ち星を上げる。そしてその後は球界を代表するエースへと成長していったのである。

古希を越えた山田さんはこう言った。

「どれだけ頼んでもお袋はあれから二度と球場に来てくれなかった。観せたかった試合はいくつもあるのに、お袋が唯一見たのは私がマウンドで佇んだあの試合だけだったんだよな……」

二度と球場に足を運ばなかった母は、

「おまえのあんな姿はもう見たくない」

と言ったそうである。その頑固さに息子への愛情を感じる。母親というのはいくつになっても我が子の笑顔が見たいのだ。

愛知に生まれ育った僕は東京の大学に進んだ。

盆、正月が近づくと地方出身者の間で帰省するかしないか、よく話題になった。田舎から出てきた学生が回りにたくさんいたが、北海道や九州、沖縄から来ている友人は帰るのにお金も時間もかかる。

「帰るのは気合いがいる」

と言う友人もいた。そんな中、新幹線に乗れば2時間で帰れる僕は気楽なものだった。その気軽さが逆に帰省を遠ざけていた。いつだったか、久しぶりに帰省した僕に母が言った。

「さだまさしの『案山子』っていう歌、聴いたことない?」

僕はその歌を知らなかった。どんな歌か聞こうともしなかった。

大学4年生になり、東京の学生にはほとんど必要のない運転免許を取った。免許を取ると行く当てがなくとも車の運転がしたくなり、僕はよくレンタカーを借りた。

12月の日曜日に僕はレンタカーで友人と遠出をした。借りる時に正月の予約も取った。正月に出かける予定はなかったけど、比較的すいているであろう東京の街を走ってみようと思ったのだ。

その日、友人を家の近くまで送り、レンタカーを返しに行く途中に雪が降ってきた。その時、ラジオからこんな声が聞こえてきた。

「ではここで、さだまさしの『案山子』をお届けします」
「ん？」と思った僕はラジオのボリュームを少し上げた。

元気でいるか～　街には慣れたか～♪　友だちできたか～♪

という歌詞が流れてきた。いきなりドカンと心に雷が落ちたような衝撃を受けた。

おまえも都会の雪景色の中で
ちょうどあの案山子のように
淋しい思いしてはいないか～♪

とさだまさしさんが歌った時に外の雪が強くなり、僕は車を路肩に停めた。でも視界が悪くなったのは雪のせいではなかった。
「淋しい思いをしているのは都会に出た僕ではなく、田舎にいる母ではないか……」
ガソリンを入れ忘れたので、僕はレンタカーショップで追加料金を払った。お正月の予約をキャンセルして店を出ると、雪はもう止んでいた。

人生の扉は何歳からでも開けられる

10数年前、ラジオ番組のあるコーナーで「人生を振り返った時、いつが一番楽しかったか」というお題がリスナーに出された。偶然聴いていた僕は「東京で一人暮らしを始めた大学生の頃かな」などと車を運転しながら考えていた。

約1時間後、リスナーの答えの集計結果が出た。一番多かった答えは「今が一番楽しい」だった。一瞬「えっ？」と思った。意外な感じがしたのだ。だが自分を顧みてすぐに共感した。「確かに今が一番楽しい」と思った。

当時は長男が生まれたばかりだった。夜泣きで僕はいつも寝不足だった。前職の会社に就職して3年くらいの頃で、まだまだ自分の仕事が軌道に乗っておらず、毎日苦悩していた。そんな状況だったにもかかわらず、言われてみれば「今が一番楽しい」とその時思えた。「父親」という役割を新たに担った僕の毎日は、とても充実していた。仕事は大変だったが、自らの考えで営業戦略を練ることにやりがいを感じていた。日々の色は濃く、大学生の頃の楽しさとは違った「生きること」の深い味わいを感じていた。

あのラジオ放送を聴いて以来、いくつになっても心から実感するようになった。

「今が一番楽しい」と。そして今も思う。今が一番楽しい。

陽気にはしゃいでた幼い日は遠く　気がつけば五十路を越えた私がいる
春がまた来るたび　ひとつ年を重ね……（中略）

竹内まりやの『人生の扉』の歌詞である。この歌が今、僕の心を揺さぶる。移り行く人生にあって、それぞれの年代にそれぞれの輝きがある。それでも50代になった今、振り返ってみると今が一番輝いている。

まだまだお金がかかる2人の子どもと住宅ローンを抱える真っ只中ではあるが、僕には安定した収入を捨ててでもやりたいことがあった。それは「人の心に温かい言葉を届け、自分の周りから世界を平和にすること」

マザー・テレサはノーベル平和賞を受賞した時のインタビューでこう言っている。「家族に『ありがとう』と言うことが世界平和の始まりです」

僕は今、心が揺さぶられる話が載った日本講演新聞を広める活動をしている。心が温かくなる話を書いたり、聴く人が前向きになるような講演をしたり、元気が出る話を取材する。僕にとっての「世界平和活動」である。

とある中学校で講演をした後、女子生徒から珍しい質問をされた。

「山本さんの話は感動する話や温かい話ばかりです。泣きそうになりました。でも山本さんの周りでは悲しい出来事やつらいことは起きないのですか？」

率直な感想に少しほっこりした気持ちになった。何か思春期特有の悩みを抱えているのかもしれない。制服姿の彼女が純文学小説の登場人物のように見え、発したその言葉に美しさを感じた。

「もちろん僕にもいろんなことがありましたよ。でも、今振り返るとそれらにはすべて意味があったとわかるんです。今もつらいことはあります。それにもきっと意味があるはずです。ただ、今はまだその意味はわかりません。わからないのでつらさを受け止めます」

僕はそう答えたが少し不安になり、

「質問の答えになってるかな？」

と彼女に聞いた。彼女は微笑みながら大きく頷いてくれた。後日、先生を通して彼女から手紙が届いた。

「質問に答えてもらえて嬉しかったです。これからはもっとポジティブに生きます。そして大人になったら私も誰かの心を響かせたいです」

彼女は「大人になったら」と言うが、その手紙は充分に僕の心に響いた。

コロナが日本にやってきたあの春、50歳を前に僕は転職した。新たな「人生の扉」を開いた。あの女子中学生からの手紙はそんな僕を勇気付けてくれる素敵なプレゼントになった。

竹内まりやさんも、ある取材のインタビューでこんなことを言っている。

「明日いなくなったとしても後悔しない生き方がしたいと思うようになったのは50代以降ですね」

そして、『人生の扉』でこう語り掛けてくる。


長い旅路の果てに輝く何かが誰にでもあるさ♪


僕も輝く何かを探して扉を思い切って開けてみた。一歩踏み出すと、そこには今まで見たこともないような目映い景色が広がっていた。

「人生の扉」は何歳からでも開けられる。そんな気がする。

無愛想な彼と肩を組んで街を練り歩く日

電車に乗る時に交通系ＩＣカードを使う人が増えてきた。時代に乗り遅れた僕は未だに切符を買う。窓口が混んでいない時は、切符の自販機ではなく窓口で買う時もある。そこで一言二言駅員と話すのが好きだ。

僕がよく使用するＴ駅には手ごわい駅員がいる。体格は力士のように大きく、歳は40歳前後だろうか。毎回とても機嫌が悪い。初めてやり取りをした時はとても腹立たしくなった。

でもこれは因果応報かなとも思った。というのも20代の頃、僕は東京のステーキレストランで働いていたが、若かった当時は僕は今よりずっと魂レベルの低い人間だったので、お客さんにずいぶん嫌な思いをさせたのではないかと思う。ドラゴンズが逆転負けした次の日などは不機嫌にオーダーを取っていたはずだ。「不機嫌なその駅員は、あの頃の客の気持ちを僕に教えてくれているのかもしれない」と思ったら怒りは収まっていった。

東京時代に働いていたそのレストランには厨房にイラン人のアルバイトがいた。彼と一緒に帰ったある日、高田馬場駅で構内放送が流れた。

「山手線の下りが1分遅れます」

僕は違和感を覚えなかったが、日本語に堪能な彼は、放送を聞いた後に、

「これってギャグ?」

と僕に尋ねてきた。確かにそうだ。1分遅れたところで、おそらく誰も気付かない。だが忙しい都会ではそれすら謝罪の対象になる。ちなみにインドに行った時、電車が時間通りに来たこともなければ、着いたこともなかった。10時間以上遅れたことも2度あった。でもそれで怒っているのは僕だけで、他には誰もいなかった。

世の中が便利になると共に、大らかさを失った人が増えたのかもしれない。

さらに高度経済成長を終え、生活がより豊かになった頃の日本に「お客様は神様です」という言い回しが広まった。この言葉を世に放った三波春夫さんは「神前で祈る時のような澄み切った心持ちでお客様の前で歌うということ」と生前のインタビューで話されていた。だがそのフレーズは本来の意味から離れ、言葉が一人歩きして「客は神様のように偉い」というニュアンスで広まってしまった。

T駅のその駅員も、もしかしたら最初から不機嫌な態度だったのではなく、便利さに慣れた「神様」に理不尽なことをされた過去があるのかもしれない。

今は亡き宗教評論家・ひろさちやさんの著書『捨てちゃえ、捨てちゃえ』（ＰＨＰ研究所）に、「第二の矢」という興味深い話が載っていた。

例えば足を踏まれると、誰しも「痛い」と感じる。これが「第一の矢」だ。悟りを開いた聖者も、悟りを開いていない我々庶民も、同じように第一の矢を受ける。違うのはそこからだ。我々はは第二の矢を受けるが、聖者はそれを受けないらしい。第二の矢とは「足を踏んだことを謝れ！」と言いたくなる気持ちや、「仕返しをしてやろう」という思いに襲われることを指す。聖者は足を踏まれて痛いと感じることをただの現象として捉え、それに対して何がしかの感情を持つことはないというのだ。

冬場に水に触れた時、「冷たい！」と感じても水に腹を立てない。それと同じことかなと思った。

では第二の矢を受けたらどうするのか。本にはその対処法が紹介されていた。「マイナス心理にマイナス行動を取るな」というのである。

例えば、態度の悪いタクシードライバーに遭遇すると腹が立つ。そんなマイナス心理に対し、「ドアを乱暴に閉める」というマイナス行動を起こすとどうなるか。それですっきりするはずはなく、不快な気持ちがいつまでも残る。そんな時こそ少し高めのチップを払い、笑顔で「ありがとう」と言って去る。そんなプラス行動を取るといいのだそうだ。それがこちらのマイナス心理を消し、相手にも反省の気持ちをもたらす秘訣だという。たしかに理不尽なクレーマーに対して理詰めで説き伏せても意味はなく、丁寧に話を聞くことが大切だとよくいわれる。

僕はT駅の駅員に対し、今は腹も立たないし、ましてや仕返しをしようなんて思わない。

「ありがとうございました」

といつも笑顔で言っている。しかし彼はとても手ごわいのだ。その仏頂面は微動だにしない。

この前、僕がお釣りを財布に入れる時に握り損ねて危うく落としそうになったので、大袈裟に、

「おっと危ない、すっとこどっこい！」

とお道化てみたが笑ってくれなかった。彼を笑わせれば過去の自分も許される気がするのだが。

いつの日か彼と肩を組んで夜の街を練り歩くのが、ちっぽけな僕のささやかな夢である。

日本人の中に生きる「残心」の精神

僕は中学高校と6年間弓道をやっていた。弓道には他の武道と同様、「残心」という精神が宿る。「残心」とは日本の武道や芸道において技を終えた後も気を緩めず細心の注意を払っている状態をいう。これは余韻を残すことを美徳とした日本の美学でもある。

弓道には「射法八節」という8つの基本動作がある。

まずは「足踏み」という立ち位置を決める所作から始まり、次に「胴造り」、「弓構え（ゆがまえ）」と進んでいき、「会」という狙いを定める型が6番目。そして7番目の「離れ」で矢を射る。ここで終わって「射法七節」としてもよさそうだが、矢を射って終わりではない。最後の8番目にある型が「残心」だ。中学生の時は何の動作もないこの8番目の「型」の意味が全くわからなかった。

高校生の時、「射法八節で一番大切なのが残心である」と教えられた。的に当てることはもちろん重要ではあるが、最重要ではないという。矢を放った後、射手から醸し出す品位、格調こそが弓道の本質であり、「残心」こそが射手の心が表れる瞬間だと教わった。高校3年生の夏、部活動引退間際の時にやっとそれが腑に落ちてきた。武道・芸道だけでなく、日本には電話を切る時に相手が受話器を置いたことを確認して受話器を置くとか、お客様の姿が見えなくなるまでお見送りをするなど、相手に思いを馳せる「残心」の精神があらゆる所作として残っている。

ところで、映画が好きな人は最後のエンドロールが終わるまで席を立たない人が多いが、これも「残心」の精神から来るものではないかと僕は思っている。というのも、これはどうも日本に限ったことのようなのだ。

僕が海外を放浪していた若かりし頃の話だが、マレーシアのペナン島で映画を観たことがある。クライマックスシーンが終わり、主人公が川辺に座りヒロインと話をしているラストシーンで観客のほぼ全員が席を立ち始めた。まだ映画は終わっていない。何が起こったのかと僕が驚いていると、なんと館内の照明まで付いた。明るくなった館内でエンドロールが終わるまで座っていたのは日本人の僕ただ1人だった。

30歳を過ぎてから半年だけアメリカのケンタッキー州の大学に語学留学した時にもこんな経験がある。

授業で『Steel Magnolias』（邦題『マグノリアの花たち』）という映画を観た。鑑賞後に感想を話し合い、レポートを書くのが課題だった。僕の英語力では映画の中の英語はほぼ聞き取れないのだが、僕は以前その映画を日本で観ていたのでストーリーを知っていた。とても幸運だった。それでも真剣に観ていたのだが、クライマックスシーンが終わるとみんなが好き勝手に感想を話し始め、とてもうるさくなった。

担当のホワイト先生に目で訴えたが、彼まで感想を話し出し、映画はまだやっているのになんと先生はビデオを停めてしまったのだ。語学留学生のクラスなので学生の出身国は多岐に渡っていたが、最後まで映画を観ようとしていたのはやはり日本人の僕だけだった。

「残心」で思い出すのが、児童文学作家、新美南吉の代表作『ごんぎつね』である。きつねの「ごん」は主人公の兵十のうなぎ捕りの邪魔をした。そのうなぎは死に逝く母に最後に食べさせるためだったと知ったごんは、お詫びとして兵十の家に栗を何度もこっそりと届けた。そうとは知らない兵十は、ある日ごんを火縄銃で撃ってしまう。物語は「青い煙がまだ筒口から細く出ていました」の一文で終わるのだが、それには深い意味がある。筒口から煙が出ている間は撃たれた動物はまだ命が切れていないと昔の人は考えていたそうだ。

ごんを撃った後に土間にある栗を見つけた兵十は、

「ごん、おまえだったのか、いつも栗をくれたのは」

と呟き、撃ったことを後悔する。煙が出ているということは、ごんは兵十の気持ちを理解してから安らかに死んだことを表しているのだ。

僕は小学生の時に授業でそのことを知って感銘を覚えたのだが、昔の人が火縄銃の残り煙に対してそう考えた理由をある人から教えてもらった。獲物を撃った後、不用意に近づくとまだ息のある獲物に後ろ脚で蹴られ怪我をする場合がある。それを戒めるため火縄銃の残り煙を最後の命の灯に例えたというのだ。これも残心に通じるものがありそうだ。

僕が所属する倫理法人会では「物の整理は心の整理、感謝をこめて後始末」という実践項目がある。最後まで心で見届けるその姿は美徳であり、そこに幸運を引き寄せる不思議な力が秘められているような気がする。

お年寄りに席を譲ると、地球は美しくなる

小学生の時、理科の授業で地球は自転し太陽の周りを公転していると教わった。
また中学生になると、ミクロの世界では原子核の周りを電子が回っていると習った。
マクロの世界でもミクロの世界でも物質はとにかく回っているようだ。そう考えると
僕たちが住むこの世界は、常に物事が回転することで成り立っていると考えていいのかもしれない。

昔の人はものが回ることで世の中はよくなることを知っていた。ことわざにも出てくる。「金は天下の回りもの」。お金は常に人から人へ回っているものだから、今はお金が無い人にもいつかは回ってくるという意味だ。逆に必要以上にお金を貯めることに精力を注ぐと、お金は自分のところに回って来なくなると聞いたことがある人も多いだろう。

ある講演で、
「支払いをする時に『いつもありがとう』とお金に声を掛けると、使われたお金は嬉しくなってまたその人の元に戻ってきたくなるものだ」

と聴いたことがある。「情けは人の為ならず」ということわざは「他人に情けをかけると巡り巡って自分に良い報いがやってくる。情けをかけるのは自分のためでもある」という意味だ。情けも回るのだ。

「風が吹けば桶屋が儲かる」は、風が吹くことでいろんなものが回り始め、思いもよらない結果を招く例えだ。最後はねずみが増えて家の桶をかじるので新しい桶を買い求める人が増え、桶屋が儲かるという少し強引な理屈である。

作家の志賀内泰弘さんは、毎日心が温かくなるメールマガジンを以前配信していた。自ら考えた面白い「風桶理論」を書いていたことがある。それはテレビ番組でお笑い芸人の柴田英嗣さんが現代風の「風桶理論」を展開しているのを観て、その続きを考えたものだそうだ。

柴田さんの考えた理論は、「電車でお年寄りに席を譲れば、回転寿司の値段が下がる」というもの。まず、「お年寄りに席を譲ると元気になって健康寿命が延びる」

↓「元気なお年寄りが増えると、シルバー派遣で需要の高い交通誘導員が増える」

↓「交通誘導員が増えると渋滞が減り、物流コストが下がる」

↓物流コストでも、特にコストがかかるのが冷凍車なのだそうだ。それ故最後に、

↓「物流コストが下がれば回転寿司が安くなる」という風桶理論が展開されていた

らしい。
「お年寄りに席を譲る」という優しさが、最後は意外な形で自分に返ってくるこの理論。まさに「情けは人の為ならず」だ。
そして志賀内さんはこれに続きを考えた。
「回転寿司の値段が下がると海産物の需要が増えて水産業が盛んになる」
↓「プラごみによる水質汚染問題が今より表面化する」
↓「プラ容器に替わる木製製品が見直される」
↓「荒れた山の再生が行われる」
↓「スギやヒノキの間伐が盛んになる」
↓「間伐材を使用した枕が作られる」
↓「スギやヒノキにはセドロールというリラックス効果をもたらす物質が含まれているため安眠できる人が増える」
↓「朝から上機嫌になり夫婦喧嘩が減る」
環境問題の一部が改善され、最後は身近な夫婦関係の改善に結論が及ぶ。さすが小説家だけあって物語のような展開になっている。
さらに僕もこの続きを考えてみた。

「仲が良い夫婦が増えると子どもが増える」
↓「第3次ベビーブームがやってきて学校が増える」
↓「学校が増えると先生が増える」
↓「先生が増えると日本講演新聞の読者が増える（先生の読者はとても多いです）」
↓「読者の先生が増えて、心温かい先生が増える」
↓「その先生の影響を受けた心温かい生徒が増える」
↓「その生徒が成長して心温かな人で溢れる世界になり、平和な世の中になる」

最近、「恩送り」という言葉をよく耳にするようになった。受けた恩を直接お返しするのではなく、次の世代や世の中のために奉仕して「送る」という意味だ。たしかに恩は返すのも大事だが、第三者に送って回せば、より多くの人を幸せにできる気がする。そしてその恩が回れば回るほど、地球はきっと美しい星になっていく。

日々の生活の営みの中で、ふと幸せを感じたり、飛び上がりたくなるような嬉しい出来事に出会うことがある。

それは遠い昔からの「恩送り」のおかげかもしれない。

常識の向こう側にある風景

先日インドの街並みを紹介する番組を観た。画面から喧噪の臭いが漂ってきた。インドには20代の頃、3度訪れたが、価値観が根底から覆される国だった。

中学生の時に社会科の授業で、「カースト制度は1950年に法的に撤廃されたが今も根強く残っている」と習ったが、21世紀の今もその状況は変わらない。

「低カースト」と思しき人を街なかでよく見かけた。浮浪児も多かったが、そんな彼らの中には目を輝かせて幸せそうな顔をした子も多くいた。最初はそれが不思議だったが、それはこっちが勝手に「不幸な子」という色眼鏡で見ているからで、それを取れば「幸せそうな子」がいても不思議ではない。

インドには野良牛がたくさん街なかを歩いている。その糞の中から子どもが未消化の豆を探していることがあった。牛の糞はあちこちにある。最初は踏まないように気を付けていたが、途中からどうでもよくなった。気にしていたら歩けない。それに牛は草食動物なので糞は臭くない。臭いのはあなたの糞である。ケニアのマサイ族は牛の糞で家を作る。そう考えると、糞の中から未消化の豆を見つける行為は別に悲惨な光景ではない。

　ヒンズー教徒にとって聖なる河のガンジス川にも行った。かなり濁っていた。街中の下水が流れ込んでくる。ヒンズー教徒みんなが行うことはできないと思うが、彼らはこの川で産湯に浸かり、死ぬと川辺で燃やされ灰は川に流される。だが事故死の場合は燃やされずにそのまま流される。ボートで川を漂っているとそんな遺体に何度も出会う。カラスがやってきてその遺体をついばんでいる場面を見ることもある。この話を日本でするとみんな引いてしまうが、実際は決してみんなが想像するようなおどろおどろしい光景ではない。

　ガンジス川のボートの上でたまたまその日一緒にいたカナダ人が、

「地球にインドがあってよかった」

　と言った。その意味が僕にはよくわかった。あの空間は宇宙生命を感じた。遠い国とはいえ、それを感じられる場所が地球にあるのは素晴らしいと僕も感じた。

　ガンジス川の近くの食堂で魚のフライを食べた。

「この魚はガンジス川で捕れたものか」

　と店員に聞いてみた。人の遺体を食べた魚を食することで自分も自然と一体になれる気がしたからだ。すると店員のインド人はこう言った。

「とんでもない。あそこで捕った魚を食べたらお腹を壊すよ」

それを聞いて僕はがっかりしたが、後で考えるとわざわざ遠くの川で捕れた魚を仕入れるとは思えず、あれは外国人客用に用意された答えのように感じた。

インドを象徴する建物、タージ・マハルにも行った。そこで出会った日本人男性と歩いていると、親切そうなインド人がやってきて丁寧に説明を始めた。

するとその日本人が、

「うるさい！どこか行け！俺たちはおまえにガイドなんか頼んでない」

といきなり英語で罵るので驚いた。

そのインド人が舌打ちをして去っていくと、

「黙っていたら後で法外なガイド料を請求されるよ」

と日本人の彼は言った。

その数日後、アグラ城に1人で行った時に、1人のインド人が僕に話しかけてきた。「おっ、来た、来た」と思った。彼はいろいろと城のことを教えてくれた。試しにそのまま最後まで一緒にガイドをされながら歩いてみた。出口に着いた時、僕がお礼を言って去ろうとしたら、彼は僕の腕を掴んでポケットから怪しげな身分証をチラッと見せ、

「俺はここの公式ガイドだ」

　とうそぶき、法外なガイド料を請求してきた。

「ほら来たぞ」

　と思った。とりあえず、

「そんなもの払うか！」

　と怒鳴ってはみたが、こうなることを知っていながら一応それらしいガイドをしてもらった負い目もあるので、僕は請求された金額の5分の1を払った。すると、

「足りない。貴様は泥棒か。仲間を呼ぶぞ」

　と凄まれたが、僕は彼を睨んで黙って去った。途中で振り返ると彼はこちらに向かって笑顔で手を振っていた。満足した顔だった。5分の1でも高額だったことがわかった。負けを認めた僕は彼に笑顔で手を振り返す。腹立たしさの中に楽しさがあった。

　日本の「常識の外」を旅すると、価値観が壊され何かが広がっていく気分になる。常識とはある意味、ただの思い込みだろう。それに捉われずに人や物事を眺めると、違う風景が見えてくる。その風景は穏やかで優しい。

おせっかいという愛で優しい国づくり

ＡＣジャパンのこんなラジオＣＭがあった。２人の若い女性の会話である。

女性Ａ「昨日お土産に『親切な何かが入ったつづら』と、『おせっかいな何かが入ったつづら』のどっちがいいかって聞かれてん」

女性Ｂ「おせっかいな何かは要らんな」

女性Ａ「でもな、親切なつもりでも相手にとっておせっかいということもあるやん」

女性Ｂ「あるなぁ」

女性Ａ「つまりな、両方とも私にとってはおせっかいという可能性もあるやん。もうわからへんわと思って親切な何かをもらって来てん」

女性Ｂ「ええっ？　何やったん？」

女性Ａ「持ってきたから今から一緒に開けてみよか。ほないくで、せ～の！」

ここでつづらが開けられる音が入り、中身を見た２人が言う。

女性Ａ「あぁ、おせっかいや……」

女性Ｂ「私には親切やで！」

親切とおせっかいは紙一重だということを示唆したＣＭだ。そして最後はナレーターのこんな言葉で締められていた。

「親切とおせっかいの境目はあいまいで難しい。おせっかいかもしれませんが、これからも受け取ってくれる人を信じて」

　僕の母は、人前に出るのが苦手で控えめな戦中生まれの女性である。積極的に進み出て他人に親切にすることはないのだが、目立たぬところでさりげなくおせっかいのようなことをしている姿を子どもの頃によく目にした。たとえば、買い物に行った時に、風で倒れている自転車を見つけると必ず起こしていた。可燃ごみの日に不燃ごみが集積場に出されていると、

「きっと間違えたんでしょ」

と、それを持ち帰って庭の片隅に置いておいた。そして不燃ごみの日に出していた。

あの頃、我が家では地元の地方紙を購読していたが、時々配達を忘れられることがあった。その度に母は販売店に電話をした。慌ててバイクで届けに来て平謝りする配達員に対し、母は配達員以上に頭を下げていた。

　僕が小学生だったある夜、中日ドラゴンズが劇的な逆転勝ちをした。翌朝僕は新聞を楽しみにしていたのだが、また届けられておらず、母にすぐ電話をしてくれるよう

に頼んだ。だがその日の母は適当にうなずくだけでなかなか電話をしてくれない。母に再度強くお願いしたらこう言われた。

「今日は我慢しない？ こんなどしゃ降りの日に、わざわざ届けに来てもらうのは申し訳ないよ」

そういう考え方があることを知り僕は驚いた。そして損得抜きに相手を思いやる母の気持ちに従い、僕はその日の新聞を読むのをあきらめた。だが、僕が学校から帰ると僕の机に新聞が置かれていた。運転免許を持っていなかった母はどしゃ降りの中、僕のために傘を差して販売店まで新聞をもらいに行ったのだ。

「一般社団法人おせっかい協会」という団体がある。会長は株式会社サニーサイドアップ創業者の高橋恵さんだ。母と同い年である。おせっかい協会設立の趣旨はこうだ。「おせっかいは優しさの基本であると考え、おせっかいで助け合いの心を育み、見返りを求めない利他の精神に溢れかえる優しい国づくりを目指す」

恵さんがおせっかいの大切さを知ったのは子どもの時だった。

太平洋戦争開戦の翌年、1942年に3姉妹の次女として恵さんは生まれた。ある日、恵さんの家に1通の手紙が届いた。父の戦死を知らせる手紙だった。母は3人の幼子を抱きしめながら声を殺して泣いた。母26歳、恵さん3歳の時だった。

戦後、一家の大黒柱を失った家族の生活は苦しく、近所にも同様の事情で一家心中する家が何軒かあった。身も心も疲れ果てた恵さんの母は娘たちに言った。

「みんなでお父ちゃんに会いにいこうか……」

ほどなくして玄関の戸に差出人のない手紙が挟まれていた。

「あなたには3つの太陽があるじゃないですか。どうか死ぬことを考えずに生きてください」

近所の誰かが恵さんの母の尋常でない様子を見て、何かを察してペンを走らせたのだろう。母はその手紙を読むと3姉妹を抱きしめ、

「ごめんね」

と謝りながら泣き崩れた。

生涯を神に捧げた、かのマザー・テレサは、

「愛の反対は無関心」

と言った。おせっかいの反対も無関心だ。ならばおせっかいは日本的な愛なのではないか。

僕もそんなおせっかいで、優しい国づくりに貢献しようと思う。僕にはあの母から譲り受けた血が流れているのだから。

1日3万5千回の選択に臨む直感力磨き

ケンブリッジ大学の研究によると、人は1日に平均して約3万5千回の選択を無意識にしているそうだ。

朝起きる時に、もう少しだけ寝ようかどうしようか、何を食べようか、何を着ていこうか。仕事の段取りを決める時はもちろん、人との5分の会話の中でも言葉選びや内容など、確かに僕たちは常に選択の波の中で生きている。

そんな無意識の選択とは違うが、人生を歩む中で誰もが多くの岐路で選択をしてきた。そしてこれからもしていく。その際に人は何を基準にして決めているであろうか。

僕がよく講演などで中学生に話すのは「ワクワクするほうを選べ」である。選択の結果が正しいのか正しくないのかは結局のところ誰にもわからない。

例えば高校受験に失敗したとする。その時点ではそれは「悪い結果」かもしれない。だが通った第2志望の高校で生涯の親友に出会えるかもしれない。運命の恩師と出会い、夢の実現が果たせるかもしれない。人生で「災い転じて福となす」ことはいくらでもある。

失敗に思える結果が目の前に起きた時、それを前向きに受け入れられる心持ちにはどうしたらなれるのか。その要素の1つが、「選択した時に、何を基準に選択したか」ではないだろうか。

そこで僕が奨めるのが先述のように「ワクワクするほうを選ぶ」という方法である。僕はそれを1つの指針として生きてきた。選択の結果が一見失敗と思われるものでも「これがベストな結果なのだ」と受け入れ、後悔することはなかった。

また、「利益の少ないほうを選ぶ」という選択方法を聞いたことがある。1万円儲かる仕事と千円儲かる仕事のどちらを選ぶか悩んだ時は、千円のほうを選ぶといいらしい。もちろんそれは「悩んだ時」に限った話である。悩まなければ当然1万円のほうを選べばいい。悩んでいるということは千円の仕事に金銭面以外の価値を何か見出しているのだろう。ならば目先の利益よりもそちらを選んだほうが確かに後悔は少ないような気がする。先ほどの「ワクワクするほう」に通じるものがある。

ピアニストの智内威雄（ちないたけお）さんの判断基準は、「美しいか美しくないか」なのだそうだ。物を選ぶ時だけではなく、進路などもすべてそれが基準だという。芸術一家に育った智内さんらしくて面白い。その選択方法には上品さも感じられる。

では冒頭のように波状に迫り来る選択の場合はどうであろうか。それらはほとんど無意識で行われる。だがその選択の積み重ねが未来の方向を決めていく。ならば小さな選択とはいえ、常に良きほうを選ぶ直感力を鍛えたいものである。

臨済宗円覚寺派の横田南嶺管長の著書『悩みは消える！』（ビジネス社）の中に、その直感力の身に付け方について書かれた箇所があった。

横田管長曰く「直感は元々鋭い人と鈍い人がいるのではなく、自らで磨き、養うもの」なのだそうだ。人間である以上、誰にでも自我意識がある。だがそれが強いと生きづらいだけでなく、直感力も鈍ってくるという。

では直感力を磨くために「我」を取るにはどうしたらいいか。一番良いのは坐禅だそうだが、それ以外に次の2つの方法が紹介されていた。

1つは、神仏、祖先、国、大自然といった大いなる存在を意識し、常に謙虚な心を持つようにすること。確かにそれらを前にした時、自我意識などは取るに足らないちっぽけなものに思える。

そしてもう1つは「地球カレンダー」に思いを馳せること。それは地球誕生から今日までを1年に換算して考えるというものである。地球の誕生が1月1日だとすると、恐竜は12月13日まで出現しない。そして人類の誕生は12月31日の23時37分。地球の歴史から考えると「最近の出来事」なのである。そして飛躍的に人類の生活を近代化させた産業革命の発祥は、同日の23時59分58秒なのだそうだ。そんな悠久の歴史の中では僕たちの一生は1秒にも満たない。そのように相対的に考えると、自我意識は薄れていくという。

神社の御神殿には鏡がある。そこにはありのままの自分の姿が映し出されている。「かがみ（鏡）」から「が（我）」を取ると「かみ（神）」になる。現世で沁みついた過度の我が取れれば、本来の自分の姿が現れる。我のない素直な心で勘を研ぎ澄まし、1日に3万5千回、世の中を良くするほうを選択する生き方ができれば明るい未来に向かっていけそうだ。

そんな人が増えると、きっと人類の未来も明るいほうに向いていく。

亡き父に感謝のノンアルコールビールを注ぐ

あの年の春の始めに震災が日本を襲った。

国を挙げての復興活動の中、桜前線が北上を始めた。いつもと変わらない綺麗な桜を少し憎らしく思った。だが満開の桜を見ていたら、春が来て粛々と咲いたその事実に少しずつ感動の気持ちが広がってきた。圧倒的な桜に打ち負かせられたように思え、そこに偉大な力を感じた。

その桜が散った春の終わり。僕の父は何かを思い出したかのように急にあの世に帰った。心筋梗塞による突然死だった。反面教師を絵に描いたような父だった。お酒ばかり飲んでいて、子どもの頃に遊んでもらった記憶も少ない。

では子どもに対し全く無関心だったかというと、どうもそうではなかった気もする。

僕は20代の頃は東京で一人暮らしをしていた。

10年に及ぶ東京生活最後の冬に大怪我をして重体になり救急車で病院に緊急搬送された。実家に帰るための引っ越しの日程まで決まっていたのに、最後の最後で味噌を付けた。

気付いた時は集中治療室のベッドの上だった。怪我をした場所は頭だったので意識もまだぼんやりとして視界もすぐれなかった。若い看護師の女性が、

「気付きましたか？ お父さんが来てますよ」

と言った。

「市外に出ることも少ない父が愛知から東京に来てるのか」、僕はもうろうとする意識の中でそう思って少し驚いた。

父を先頭に妹と母がベッド脇に来た。それを意外に感じたのを覚えている。父が先頭で真っ先に来たことを。

「大丈夫か？ 気付いたか？」

と珍しく素面だった父は言った。

父はどうしようもなくだらしなかったが、きっと普通に父だったのだ。子どもに対する接し方が不器用なだけで、いつも同じ場所に立っているお地蔵さんのように僕たち子どもを見守っていたのだと思う。ワンカップ大関の匂いがするお地蔵さんではあったが。

「がんばろう東北」の合言葉の下、震災が起きたその年から東北楽天ゴールデンイーグルスを率いたのは星野仙一監督だった。

星野さんは生まれる前に父を亡くしている。

星野さんは中日監督就任が決まった1986年のシーズンオフに『燃えて勝つ』(実業之日本社)という著書を出版した。これはそこに載っていた話である。

1964年、エース星野を柱とした倉敷商業は夏の甲子園予選で決勝まで進んだ。あと1勝で夢の甲子園へ出場が決まる。だが星野さんが打たれ敗戦。甲子園行きの切符を手にすることはできなかった。負けが決まった瞬間、泣き崩れるチームメイトの中、1人空を見上げたそうだ。星野さんはその日のことをこう振り返る。

「ただぼーっと空を眺めていました。涙が出ないのは、顔も見たことがない父が、『男は泣くな!』と言って涙を押しとどめてくれていたのだと思いました」

倉敷商業が敗れたニュースは試合終了後すぐに倉敷市内に広まった。当然、星野さんの母親の耳にも入っている。そんな中、星野さんは帰宅した。慰めの言葉など聞きたくないと思って玄関の扉を開けると、母は息子の顔を見るなり慰めるでもなくただ一言、

「おかえり。これからご飯を作るね」

と言ったそうだ。いつもの母だ。何があっても春が来て咲く桜のような母がそこにいた。その温かさに17歳の星野少年は試合以上に打ち負かされた。涙を押しとどめて

いた亡き父の力も、母の愛の前では無力となった。

「こっそり押入れの布団の間に隠れたんです。そこでずっと泣いていました。でも姉に見つかっちゃったんですよ。試合に負けたことよりそっちのほうが悔やまれます」

テレビで以前、その日のことをそう語っていた姿が懐かしい。

「父の遺影は全く僕に似ていない」

と星野さんは言う。「きっと後ろ姿はそっくりだったはずだ」と信じていたらしい。

僕は父に嫌になるくらい似ている。遺影を見ると自分の遺影かと思うくらいである。

これは父が生前詠んだ川柳だ。

花嫁が 父に感謝の 酒を注ぐ

酔った父は嫌いなので酒など注ぎたくはないが、あの世で会った時は花嫁ではなく僕が父に感謝のノンアルコールビールを注ごうと思う。

人生のシナリオにはすべてに意味がある

予定より1年遅れて、2021年に東京オリンピック・パラリンピックが開催された。自国開催のためか、パラリンピックの扱いがいつになく大きかったことを覚えている。そこで躍動する選手たちの姿を見ていると、障がい者のスポーツだという意識はなくなってくる。僕たちは皆、様々な個性を持って生きている。

北海道に住む猪股さとえさんは「HSC（大人の場合はHSP）」と呼ばれる感覚の繊細なお子さんを育てている。僕はオンラインの講演で猪股さんを知った。講演を聴いていたら僕はHSPという初めて聞く言葉に興味が湧いてきた。それは生きていく上で困難を感じる場面はあっても、他人への共感という点では素晴らしい一面があると思った。

5人に1人はいるというHSP。聴いているうちになんだか僕もそうなのではないかと思い始めた。講演終了後に主催者のマグロともかずさんから僕個人にコメントを求められたので、猪股さんにそれを話した。

「僕もおそらくHSPだと思います。子どもの頃はいろんな場面で周りの子との違いを感じていました。幼稚園で『やぎさんゆうびん』の歌を知った時は困惑しました。黒ヤギさんは白ヤギさんの手紙を食べてしまいます。大事な内容だったらどうするんだろうと真剣に心配していたことをよく覚えています」

するど猪股さんは、

「うちの子が幼稚園の時にもその歌でそう言いました。全く同じことを言うので驚いて今鳥肌が立ちました」

と言った。やはり僕もＨＳＰという個性を持っているようだ。

そういえば、童謡『クラリネットをこわしちゃった』の歌詞は、僕をもっと混乱させた。歌の１番で「パパからもらったクラリネットに出ない音がある」と告白されて僕は落ち込んだ。２番では出ない音は「ドとレとミ」であると繰り返し明かされ、３音もあることに衝撃を受けた。そして僕を絶望の淵に追いやったのが３番である。２番までは隠されていた現況が次々と明るみに出てくるのだ。まず出ない音は３音だけではなく「ファとソとラとシの音も出ない」と打ち明けられた。それはもはやクラリネットではなくただの棒切れではないか。３番まで隠さずもっと早く正直に言ってほしかったと思った。しかも「パパも大事にしていた」という新たな事実も公表された。そしてパパはそれを知ると怒る可能性があることも歌詞に示唆されていた。僕はもう気が気でなくなった。

　僕の横で呑気に「♪パッキャラマド、パッキャラマド、パオパオパンパンパン♪」と歌っている友だちの無邪気さがうらやましかった。「パオパオ」とか言っている場合ではないと思った。

　他にも僕には方向音痴という個性がある。「方向音痴」などというかわいい名称が付いているが、僕には普通の人が持ち合わせている地理的な感覚器官が欠如しているのだと実感できる。だが、それに替わる何か他人にはない能力を持っていると根拠なく信じている。

　そういえば以前、酒の席でイケメンの友人から、「おまえがうらやましい」と言われたことがある。ちなみにイチローさんも極度の方向音痴らしい。モテる彼は、

「いろんな女性に言い寄られるが、自分の何に惹かれているのかわからない」

と言うのだ。若い頃は話したこともない女性から告白されることもあったそうだが、そんな時などは特にそう思ったそうだ。彼は言った。

「でもおまえに告白する女性は明らかにおまえの内面に惹かれているわけだ。見かけということはあり得ない。だから安心してその告白を信じることができる」

　それを聞き、「うるせぇ。やかましい。放っとけ」とは思ったものの、「なるほどな

あ」と妙に納得した。「イケメン」より「老けメン」の個性の方が生かされる場合もあることを知った。

経営学者の飯田史彦著『生きがいの創造』(PHP文庫)には、「人生のシナリオは生まれる前に自ら書いたもの」と記されている。不条理に思われる境遇であっても、それは魂の成長のために自ら設定したシナリオなのだそうだ。ならば、持って生まれた個性には何か意味があるといえる。

小説に「その日は雨だった」という一文があったとする。作者は意味なく雨を降らせるはずはない。意味があってその日を雨の設定にしているのだ。人生のシナリオを自分で書いたのなら、起こる苦難はすべて意味がある。その意味は今はわからないが、僕たちは自作のストーリー通りの脚本を今生きているのだ。

個性に優劣はなく、詩人の金子みすゞさんが詩に託したように、「みんなちがって、みんないい」のだ。

自分が書いたシナリオを愚直に生きていくと、その意味がわかる日がきっとやってくる。

猿は木から落ちないし、人は見かけによる

『焼き場に立つ少年』というタイトルで知られた有名な写真がある。10歳くらいの少年が幼子をおんぶしている写真だ。戦後間もない長崎でアメリカ人の写真家によって撮られたものらしい。幼子は息を引き取っており、少年は焼き場で順番を待っているとされているが詳細はわかっていない。

この写真は胸を打つ。なぜだろうか。見る人の涙を誘う写真ではあるが、少年の目に力があるのだ。背筋を伸ばしたシャンとしたその姿が、どん底から復興していく日本の未来を思わせるからではないだろうか。そこには悲壮感がない。なにせ少年の面構えがいい。

30年くらい前の記憶だが、選挙後の街頭インタビューが放映された。質問は、

「今回の選挙であなたは何を基準に投票しましたか」

というものだった。当時の僕くらいの歳の若者が、

「顔がいい人に入れた」

と笑いながら答えるのを目にし、僕は腹を立てた。「こんな奴がいるせいで『最近

の若者はダメだ』などと言われてしまうんだ」と思った。

　しかし1人のコメンテーターの発言を聞いて怒りが収まった。

「人というのは今までの生き様が顔に表れるものです。意地悪な人は意地悪な顔になります。教養のない人はバカ面をしています。国の代表を顔で選んだという彼女を、私は否定しません」

　なるほどなと思った。

　冒頭の年端もいかない少年でもその顔からは内に秘めた強い決意のようなものが伝わってくる。

　塩野七生著『日本人へ 危機からの脱出篇』（文藝春秋）に3枚の写真について書いたエッセイが載っていた。

　東日本大震災の少し後、イタリアの週刊誌に掲載された被災地の子どもの写真についてである。その本には実際の写真は掲載されていなかったが、こんな写真だそうだ。

「福島原発近くに住んでいたらしい2歳に満たない男の子が、放射能測定器に向かって堂々と両手を挙げている写真」

「身の回りの物が詰まったピンクの袋をしっかりと肩に掛け、昂然とがれきの間を歩く陸前高田の5歳くらいの女の子」

「口をきつく結び、水の入った大きなペットボトルを両手に2本持ち、避難所に運ぶ気仙沼の10歳くらいの男の子」

その描写を読むだけで子どもたちの力強さが伝わってくる。そして写真にはイタリア人記者のこんなコメントが添えられていたという。

「面構えがいい。日本は必ず復興する」

「人は見かけによらぬもの」ということわざがある。だが本当にそうだろうか。僕はこのことわざには逆説的な意味があるのではないかと思う。「当然のこと」はことわざになって語り継がれることはない。

たとえば、「猿も木から落ちる」ということわざがある。木登りが得意な猿は木から落ちることはまずない。「得意だと思って油断していると失敗するぞ」という戒めとしてこのことわざがある。猿がいつも木から落ちていたらこのことわざは成り立たない。

「人は見かけによらぬもの」ということわざがあるということは、つまりは古来から「人は見かけによる」のだ。だが例外もある。その例外による他者への誤解を戒めるためにこのことわざが存在するのではないだろうか。

「メラビアンの法則」というものを聞いたことがある。話し手の印象は何で決まるかを表した法則だ。

それによると言語情報や聴覚情報より、視覚情報がより重要で55%を占めるらしい。表情や服装、身だしなみがそれにあたるが、その中でもやはり顔の表情は相手に訴えかける要素が一番大きい。

では相手に好印象を与える表情はどうしたら出来上がるのか。それは日頃の心持ちが自然に作り上げていくものだろう。いつも良い言葉を使い、朗らかに生きて、日々心が前向きになる情報に接している人は面構えがいい。

リンカーンは、「40歳過ぎたら自分の顔に責任を持て」という名言を残した。他人にどんな印象を与えるかは自分の責任だと言っているのではないだろうか。それはやはりその人の生き様だ。

面構えの良い人が増えれば、きっと世の中は良い方向に向かっていく。そしてさらに面構えの良い星になる。

あの世へ持っていける唯一のもの

タイ北部の街を旅していた時、露店で数羽の小鳥が入った籠を売っていた。ペット用にしては中にいる鳥はいかにも野鳥という姿形だった。食用でもない。買った人の行動を見て驚いた。その場で鳥を籠から出して空に放ち、そして籠を露天商に返していたのだ。店は鳥を売ったのではなく徳を売り、客は捕らえられた鳥を逃がすことで徳を積んだということらしい。

元々は何語なのかわからないが「バクシーシ」という言葉がある。日本語に訳すと「喜捨」である。中東から東南アジアにかけて「バクシーシ」の考えが広く行き渡っている。インドには多くの物乞いがいるが、我々旅行者に施しを受けるために彼らは卑屈な態度を取ったりはしない。僕は「バクシーシ！」と大声で言われ、手を差し出されたこともある。そしてお金を渡してもお礼を言われないことも多い。「俺に施しをすることでおまえは徳が積めてよかったな」と言わんばかりの態度の者もいる。ある時は「少ない！」と叱られたことすらある。

そんな文化に僕は最初は戸惑ったが、現地を旅していると段々と「バクシーシ」の論理が正しいような気もしてきた。お金を渡す側が偉いわけでも何でもない。徳を積ませてもらい、感謝の気持ちを持ったほうが確かに気分はいい。

徳を積むということに関し、かつてパナソニックの創業者・松下幸之助さんは、

「徳を積むことはこの世で最も尊い行いである」

と言った。確かに単に社会的地位が高い人や多くのお金を持っている人よりも、他者に対し常に喜びを与えようとしている人のほうが徳の高さを感じ、魅力がある。

子どもの頃、

「生まれてくる意味は子孫を残すため」

と大人から聞いた時は全く納得できなかった。それでは根本的な説明になっていないと感じた。それに比べ、

「この世には徳を積むためにやってきた」

と言われるとすっと心に入ってくる。徳を積んで魂のレベルを上げることを目的として生まれてきたならば、我々は今まさにその道場にいるわけだ。

よく「あの世へは何も持っていけない」と耳にするが、徳は持って行ける。むしろ持って行かなければならない。

一昔前とは違い、今は魂の存在を公言する医師も増えた。東京大学名誉教授で医師

の矢作直樹さんはその代表だろう。一方、死後の世界などないのだから生まれてくる意味を求めること自体がナンセンスだと言う人も少なからずまだいる。それぞれの考えがあり、死後の世界の有無はいずれ死んだ時にわかることなので、議論する必要はない。

しかしながら先日読んだ、『生きがいの創造』（ＰＨＰ文庫）という本は興味深かった。あの世の存在に対して否定的な見方をする人が読んでも、興味深く読み進められるのではないかと思う。

その本には、多くの臨死体験者や催眠療法の被験者の話を科学的に分析し検証した結果が、極力客観的に著わされている。決して怪しい人が書いた奇妙きてれつな本ではなく、著者は経営学者で元福島大学教授の飯田史彦さんである。内容を要約するとこうだ。

「いわゆる魂と呼ばれる意識体は今世では肉体を伴っているが、死んでも意識体は継続する。そしてまた生まれ変わる。その前に来世の自分の人生の大枠を自ら設計する。魂を磨くためにあえて苦難も人生のストーリーに入れる。自分に課した問題を解決するために人生がある。とはいっても苦行ではなく、徳を積みながら問題を解決していく楽しい修行である」

飯田氏は、「重要なのはあの世の証明ではなく今世での生き方だ」と説く。大切な人を失った人が、またその死者に会えることがわかり、ずいぶん気が楽になった例もあるという。つらい状況に苦しむ人も、それが成長のために自ら課したものだとわかれば受け入れやすくなる。そして何より自分の存在意義を知り、人生の目的が定まることによって生きがいが生まれるというのである。タイトル「生きがいの創造」の意味はそこにある。

この有益性に関して、生まれ変わりを否定する立場の立命館大学名誉教授、安斎育郎さんのこんな見解も紹介されていた。

「死後の世界を信じ、心豊かに生きている人を『非科学的な考えだ』と言って批判するのは余計なお節介だ」

いずれにしろ、この手の話が受け入れられない人であっても、徳を積んで生きていく姿勢を批判する人はいないであろう。

我が家には読みたくて買った本がたくさんある。人に奨められて買った本や戴いた本も多くある。部屋に溢れ返るのは未読の本だ。いわゆる「積読（つんどく）」という状態である。

「積読」は好ましくないが、「積徳」ならば好ましい。

この人生道場で徳を積み上げて、あの世にたくさん徳を持って帰るのが楽しみだ。

人も自分も幸せにする秘密道具

『ドラえもん』は大人から子どもまで、世代を問わず知られている日本を代表する漫画の1つだといっていいだろう。あらゆる秘密道具が登場し物語が展開する。

漫画にはジャイアンといういじめっ子が出てくる。しかし彼はただの意地悪ないじめっ子ではない。のび太が隣町の不良グループに絡まれているのを見て果敢に助けに行ったりする。情にも厚く、のび太のために涙を流すことも多い。そんな場面を見ると「ジャイアンも案外いい奴だなあ」と思えてくる。普段の理不尽なふるまいも許せてしまう。

それに似た状況は我々の周りでも時々起こる。普段厳しい上司がふいにねぎらいの言葉を掛けてくれた時などである。それをきっかけに上司の見方を変えると自分の心も楽になる。他人の良いところにフォーカスするのは大切だ。

では逆のパターンはどうだろうか。

ドラえもんには出木杉くんというキャラクターも登場する。勉強ができてスポーツ万能、ジャイアンからも一目置かれるほど人望も厚い。彼が周りを裏切るような場面は一度たりとも出てこない。だがもし一度でも出てきたら、たったその一度で彼への信頼は瞬く間に地に落ちるだろう。どんな人間にも落ち度はある。頭でそれがわかっていても、信頼している人間から不人情な一面を垣間見せられたら裏切られたような気持ちになる。

ノートルダム清心学園の元理事長・渡辺和子さんが生前、対談でこんなことを話していた。

「相手を100％信じては駄目。98％にしておきなさい」

残りの2％は裏切られた時のショックを和らげるための「保険」かと思った。だが渡辺さんはそれを「相手を許すために取っておく2％」と表現している。出木杉くんのような人にはつい100％の信頼を置いてしまうが、残念なふるまいをされた時のために許すゆとりを心に残しておこうというわけだ。

「許すことが生きていく上で最大の試練であり、許すことで自分も救われる。人はそれを学ぶためにこの世にやってきた」

ある僧侶からそんな話も聞いたことがある。なんとなくそうだろうなという気はする。だが、魂を磨いて「許せる人間」になるまでの道のりは長い。そもそも直接大きな被害を受けた場合は、なぜ「許す」というさらに苦しい思いをしなければならないのか。どうしてそれで自分も救われることになるのか。そんな疑問が頭をもたげないだろうか。

アメリカの精神医学者・ジャンポルスキー博士著『ゆるすということ』(サンマーク文庫)にはこのような記述がある。

「許さないと決めれば苦しみを味わうだけ。裁くのをやめる。それだけで、幸せになれる」

「安らぎは、手に入れようと思えばいつでも手に入れることができ、どんな時も私たちを迎え入れてくれます。ただ怒りにこだわっていると、その歓迎のしるしが見えなくなるのです」

人は誰もが安らぎを求めているのに、いつまでも過去の出来事を恨み続け、復讐心に燃える怒りの感情を手放せない。けれど、人は許すことで痛みから解放され暗闇を抜けて自由になれるのだという。

そして南アフリカのバベンバ族という部族のこんな話が載っていた。村の中で悪事を働いたことが発覚すると、捕らえられた犯人は逃げられない手だてを講じられ、広場の真ん中に座らされる。その周りを村人の全員が取り囲む。子どもも含めた全員である。裁判のようなバベンバ族の風習がそこから始まる。取り囲んだ村人の一人ひとりが、犯人に向かい、その犯人が過去にやった親切な行為を語るのだそうだ。作り話は一切なく、子どもから老人まで村人全員が愛を持って誠実に詳しく語り、すべての人が話し終えるまで数日かかることもあるらしい。最後の村人が話し終えると輪が崩され、そこには一体感が生まれているそうだ。

そして再び犯人を仲間に迎え入れるお祝いの儀式が始まる。「許し」がすべてのわだかまりを消し去り、そこにはもう「犯人」はいない。

村人全員が「過去」はもちろん、「怖れに満ちた未来」を手放した瞬間である。

幸せになるための秘密道具が、「許し」かもしれない。

すぐそこにあるのになかなか手に入らない不思議な道具。でもいつか手にしてみたい夢の道具。

レフトスタンドで見たある物語

東京に住んでいた20代の頃、中日ドラゴンズが関東に来る度に球場に応援に行った。何度足を運んだかわからない。

ある日のこと。僕は東京ドームのレフトスタンドに行った。いつものように1人で試合開始よりずっと早い練習時間から球場入りした。しばらくすると、僕より少し歳上と思われる30歳くらいの地味な女性が近くの席に座った。空いている隣の席に連れの人が遅れて来るのだと思った。でもなかなか現れなかった。その女性は僕が中学生の時に教育実習に来た先生を思い出させた。年齢的に同一人物のはずはないのだが、どことなく似ていた。いや、そっくりだった。

今でも時々あの先生を思い出すことがある。女子大生とは思えない老け顔でとても地味な先生だった。

僕たちはその先生が嫌いだったわけではないのだが、彼女の優しさに甘えた。授業をまともに聞かずいつも騒いでいた。ある日、先生は机を叩いて大声で怒鳴った。

「お願いだから聞いて！」

みんな一瞬驚いて静かになった。先生はそれからしばらく泣いていた。僕たちは申し訳ない気持ちでいっぱいになった。それは先生の教育実習最後の日だったと記憶している。

あの先生はその後先生になったのだろうか。今は元気に暮らしているだろうか。僕たちのことを恨んでいないだろうか。今でも何かの折に不意に思い出すことがある。

試合開始直前になって、彼女の隣の空席に30代半ばかもっと上の、これまた地味な男の人が来た。僕も地味だが、その僕が言うのだから彼は地味の王様だ。地味の世界で殿堂入りできるかもしれない。

彼は明らかに会社帰りだと思われた。古くなったかばんを持ち、地味な色のネクタイをして、少し皺のあるスーツを着ていた。そろそろ床屋に行ったほうがいい頃合いの髪だった。

地味同士お似合いのカップルだなと思ったが、2人は言葉を交わさない。

それで気付いた。僕は1人で来ていたが、彼女も1人なのだ。そして後から来た男性も1人なのだ。

これは東京では珍しいことではなかった。中日ファンが回りにいないので、誘っても誰も付いていてきてくれず、僕は1人で行くことに慣れていた。きっと東京にはそんな中日ファンはたくさんいるのだろう。おそらく彼らもそうなのだ。

なかなか点の入らない緊迫した試合だった。男性は仕事関係と思われる書類を、首をかしげながら見ていたが、３回の表辺りからそれをかばんにしまい試合に集中し始めた。

彼女の方は最初から集中して観ていた。どうも彼女はライトを守る30歳を少し過ぎた地味な外野手が好きなようだった。彼がバッターボックスに入るとひと際大きな拍手を送った。試合中盤でその選手がショートの深い当たりに打球を飛ばした。残念ながら間一髪アウトだった。その時である。

「今のはセーフに見えましたけどね……」

男性が彼女にそう声を掛けた。彼女はほんの少しだけ驚いた素振りを見せたが、

「そう見えましたよね」

と言ってほほ笑んだ。

そこから話が弾んだというわけではないが、それから試合終了まで時々２人は言葉を交わしていた。

試合終了後、

「今日は話し相手がいて楽しかったです」

と彼が言った。

「はい、ありがとうございました」

と彼女は答えた。

僕はそこまでしか見ていない。

でもきっと、その後にもやり取りは続いたのだ。メールがない時代、彼は（もしくは彼女が）意を決して相手の電話番号を聞いたのだ。

それから1か月後。僕は総武線に乗っていた。神宮球場に対ヤクルト戦を観に行くためだ。

「次は〜、千駄ヶ谷〜」

というアナウンスが車内に流れた。この「せんだがや〜」がいつも名古屋弁に聞こえた。

土曜日の昼下がりのデーゲーム。

練習時間からレフトスタンドの自由席に僕はいた。そんな時間の神宮球場のアウェイのレフトスタンドの客はいつもまばらだ。

席を探すカップルがやってきた。少しおしゃれな2人だった。

僕は驚いた。

それはあの日の地味な2人だったのだ。どこに座ろうかと仲良く話しながら、レフトスタンドの階段をきょろきょろしながらゆっくりと下りて行った。

なぜか僕は嬉しくなった。

2人は練習時間からとても楽しそうに話していた。その日の彼らは僕から離れた席に座ったので声は聞こえなかったけど、2人は素敵な笑顔をしていた。

試合が始まると、彼女はやはりあの地味な外野手にひと際大きな拍手をしていた。それに合わせて彼も大袈裟なくらい大きな拍手をしていた。優しいなと思った。

そして地味な外野手は、彼らの声援に応えるかのように地味なライト前ヒットを打った。

昼からビールを飲んでいた僕はとても幸せな気分になった。そして勝手にこう思うことにした。

あの時の教育実習の先生は今幸せに生きているんだと。先生になったかどうかはわからないけれど、きっと優しい旦那さんに出会って幸せに暮らしているんだと。

僕はビール売りのお兄ちゃんを呼んで2杯分のビールを頼み、「あの2人に、僕から」と言おうとしたけど、アメリカ映画じゃないんだからやめた。それはバーでやることだ。明らかに歳下の地味な僕にビールなんか差し入れされたら、きっとあの2人は不気味に思い、2人の楽しいひと時をぶち壊してしまう。それくらいはわかる気持ちがいいホロ酔い具合だった。

神宮球場のスタンドに吹く風は心地いい。

僕はビールに酔って、あの2人の幸せそうな姿に酔って、教育実習生の明るい現在を想像して勝手に酔った。

その試合は中日のエース・今中慎二が好投して、2人に勝ち試合をプレゼントした。

僕はそれから関東の球場のレフトスタンドに行く度に彼らを探したけれど、その日以来僕は彼らの姿を見ることはなかった。

地味ではなくなった彼らは、外野自由席から内野指定席に居場所を変えて、背もたれのある椅子で、あの地味な外野手を仲良く応援していたのかもしれない。

あとがき

高校生の頃から5円玉を貯めていた。「穴が開いた硬貨は世界的にも珍しい」と誰かに聞いたからだと記憶している。

僕は5円玉が手元に来ると何となくせっせと瓶に入れて貯め始めた。その瓶は数年ごとに大きい瓶に変わっていった。

5年くらい前、貯まりに貯まった5円玉を数えてみた。5000枚以上あった。

貯め始めた昭和の頃と違い、今はお札に変えようとすると手数料がかかる時代になった。それに金融機関にこれほどの量の5円玉を持って行ったらきっと迷惑である。それに運ぶのも大変だ。とてもとても重いのだ。

そこで僕はこれをお賽銭にすることに決めた。数年前からもう貯めるのはやめ、すでに300枚くらいはお賽銭で使ったのではないかと思う。

今の仕事に転職してから、それまで出会うことができなかったような方々と出会うようになった。貯めて外に出すことがなかった5円を使い始めたらご縁が広がり始めた。貯めた5円玉のおかげかどうかはわからないが、多くのご縁が生まれそのおかげで今の自分がいる。お礼の想いを込めて、貯めた5円玉をこれからも一生かけて神や仏に縁返しさせていただこうと思う。

そしてまた良き縁の下、自身2冊目となる本を出版することができた。1冊目の拙著『明日を笑顔に ~晴れた日に木陰で読むエッセイ集~』はベストセラーではないが、ロングセラーで今も売れ続けている。ご縁が広がっている。

手にしていただいた方々に感謝申し上げます。

そしてこの2冊目の本『「ありがとう」という日本語にありがとう』も多くのご縁を紡いで広がっていってくれたらいいなと思います。多くのご縁によって書かれたこの本が、読んでいただいた方々の心に明かりを灯すことで「縁送り」することできたなら本望です。

山本孝弘

「ありがとう」という日本語にありがとう

発行日
2023年5月25日

著　者
山本孝弘

発行者
久保岡宣子

発行所
JDC出版

〒552-0001　大阪市港区波除6-5-18
TEL.06-6581-2811(代)　FAX.06-6581-2670
E-mail：book@sekitansouko.com
H.P：http://www.sekitansouko.com

郵便振替　00940-8-28280

印刷製本
モリモト印刷(株)